KB117347

비둘기

Die Taube
비둘기

파트리크 쥐스킨트 지음 유혜자 옮김

이 책은 실로 꿰매어 제본하는 정통적인 사철 방식으로 만들어졌습니다.
사철 방식으로 제본된 책은 오랫동안 보관해도 손상되지 않습니다.

어느 날 갑자기 인생을 송두리째 뒤흔들어 놓았던 비둘기 사건이 터졌을 때 조나단 노엘은 이미 나이 오십을 넘겼고, 아무런 일도 일어나지 않았던 지난 20여 년의 세월을 뒤돌아보며 이제는 죽음이 아니고는 그 어떤 심각한 일도 결코 일어날 수가 없으리라는 것을 믿어 의심치 않았다. 그런 그의 믿음에는 충분한 일리가 있었다. 그는 도대체 사건이라는 것이 일어난다는 점을 못마땅하게 여겼고, 내적인 균형을 깨뜨리거나 외적인 일상의 질서를 마구 뒤섞어 놓는 일이 생기는 것을 혐오하기까지 했다.

그런 사건들 대부분은 다행스럽게도 세월의 먼지가 수북이 쌓인 유년기나 청년기에 일어났으며, 그는 가능하면 그때의 일들을 기억 속에서 지워 버리려고 했고, 어쩌다 피치 못하게 기억을 더듬어야만 할 때도 몹시 언짢아하며 마지못해 하곤 했다. 샤랑통에서 살았을 때, 1942년 7월쯤이었다고 생각되는 어느 여름날 오후 낚시를 갔다가 집으로 돌아왔을 때였다. 찌는 듯한 무더위가 계속되다가 천둥 번개가 치더니 소나기가 한바탕 내린 날이었다. 그는 후끈한 열기와 빗물에 젖어 있던 아스팔트 위를 신발을 벗은 채 신나게 물웅덩이 속을 첨벙거리며 맨발로 걸었다……. 낚시를 갔다가 그렇게 집으로 돌아와, 당연히 어머니가 음식을 만들고 있으리라는 기대를 안고 부엌으로 곧장 갔으나, 어머니는 온데간데없고 의자 등받이에 덩그러니 걸려 있는 앞치마만 눈에 띌 뿐이었다. 아버지는 어머니가 먼 곳으로 여행을 떠났노라고 했다. 이웃 사람들은 어떤 사람들이 어머니를 아주 먼 곳으로 끌고 갔노라고 했다. 처음에는 벨로드롬 디베르로 갔다가, 그곳보다 더 먼 드랑시의 수용소로 갔다가, 거기에서부터 동쪽으로 다시 계속 갔는데 그쪽으로 간 사람은 아직 아무도 되돌아오지 않았다는 거였다. 조나단은 도대체 그 사건을 하나도 이해할 수가 없었으며, 그것은 그를 대단한 혼란 속에 빠뜨려놓았다. 그리고 며칠 후 이번에는 아버지마저 온데간데없이 사라져 버렸다. 그 후 조나단과 어린 누이동생은 얼떨결에 남쪽으로 향하는 기차에 몸을 싣게 되었고, 밤이면 생면부지의 남자들이 시키는 대로 벌판을 가로지르고, 숲속을 헤쳐나가 다시 남쪽으로 향하는 기차를 한참이나 정말 무지하게 오랫동안 타고 가다가, 그때까지 한 번도 본 적이 없는 어떤 친척 아저씨가 기다리고 있던 카바용에서 내려, 아저씨의 농가가 있던 퓌제 근처의 뒤랑스 골짜기로 가서, 그곳에서 전쟁이 끝날 때까지 숨어 지냈다. 그러다가 그는 누이와 함께 아저씨의 농토에서 일을 거들며 살았다.

1950년대 초 — 조나단이 농사꾼으로 살아가는 것에 어느 정도 재미를 붙일 무렵 — 아저씨는 그를 군대에 입대시켰고, 그는 3년 동안의 병역 의무를 고분고분히 따랐다. 첫해에는 성가신 집단생활과 병영 생활에 익숙해지는 것에만 온 신경을 집중하였다. 둘째 해에는 배를 타고 인도차이나로 파견되었다. 그리고 셋째 해에는 발과 다리에 입은 총상과 아메바 이질로 거의 대부분의 시간을 군 병원에서 보냈다. 그러다가 1954년 봄 퓌제로 돌아왔을 때는 누이동생이 보이지 않았다. 캐나다로 이민을 떠났다는 거였다. 아저씨는 조나단에게 곧바로 결혼할 것을 권했고, 그것도 이웃 마을 로리에 사는 마리 바쿠슈라는 처녀와 하라고 정해 주었다. 그 여자를 한 번도 본 적이 없었던 조나단은 아저씨가 시키는 대로 묵묵히, 그것도 기꺼운 마음으로 따랐다. 결혼 생활이 무엇인지 잘 상상이 되지는 않았지만 마침내 아무런 일도 일어나지 않는 단조로운 평화를 맛볼 수 있으리라는 기대 때문이었다. 그것이야말로 그가 늘 꿈꾸어 왔던 것이었다. 그렇지만 결혼 후 불과 4개월 만에 마리는 사내아이를 낳았고, 같은 해 가을에 튀니지 사람으로 마르세유에서 온 과일 장수와 눈이 맞아 줄행랑을 치고 말았다……

그런 모든 불상사를 겪고 나자 조나단 노엘은 사람들을 절대로 믿을 수 없다는 것과 그들을 멀리 해야만 평화롭게 살 수 있다는 결론에 이르게 되었다. 그리고 마을 사람들의 비웃음을 받게 되면서, 비웃음 그 자체가 괴로운 것이 아니라, 단지 많은 사람의 따가운 시선을 받는다는 것이 성가셨기 때문에 난생처음 독자적으로 한 가지 결심을 하였다. 농협으로 가서 그동안 저금해 두었던 돈을 몽땅 찾고, 짐을 꾸려 파리로 떠났던 것이다.

파리에서 그는 큰 행운을 두 개나 잡았다. 세브르가(街)에 있는 어느 은행의 경비원으로 취직이 되었고, 플랑슈가에 있는 집 7층에 〈코딱지만 한〉 방 하나를 얻을 수 있었다. 방까지 올라가려면 뒷마당을 지나, 짐을 옮길 때 사용하는 좁은 계단을 올라가서, 가끔씩 햇살이 비치는 창문이 하나 나 있는 비좁은 복도를 지나가야만 했다. 복도에는 회색 페인트칠을 한 문마다 번호가 붙어 있는 작은 방들이 20여 개 있었는데, 그중에 제일 끝에 있고 번호가 24번인 방이 조나단의 방이었다. 방은 길이가 3.4미터이고, 폭은 2.2미터이며, 높이가 2.5미터였다. 방 안에 가구라고는 가구 중에서 유일하게 안락한 침대가 하나, 책상이 하나, 의자가 하나, 전등이 하나 그리고 옷걸이가 하나 있을 뿐 더 이상 아무것도 없었다. 1960년대가 되어서야 음식을 끓여 먹을 수 있는 전기 기구와 난방기를 설치할 수 있을 만큼 전력이 강화되었고, 수돗물도 사용할 수 있게 되어 방마다 세면대와 보일러가 따로 설치되었다. 그전까지만 해도 제일 위층에 살던 사람들은 사용이 금지되었던 알코올버너를 갖고 있지 않는 한, 찬 음식을 먹어야만 했고 싸늘한 방에서 잠을 잤으며, 양말을 빨 때와 몇 가지 안 되는 식기들 그리고 자기 자신의 몸을 씻을 때도 복도에 단 하나 있는 공동변소 옆 세면대를 사용해야만 했다. 그런 모든 것이 조나단에게는 아무런 문제도 되지 않았다. 굳이 편안한 곳을 찾지 않았기 때문이었다. 그는 다만 삶의 마땅찮은 불상사로부터 자신을 보호할 수 있고, 어느 누구도 자기를 내쫓을 수 없는 그런 확실한 곳으로서, 온전하게 자기 혼자만의 소유로 할 수 있는 곳을 찾았다. 24호실을 처음 보았을 때 그는 그곳이 바로 그런 곳이 되리라는 것을 금방 알 수 있었다. 〈바로 이거야. 이런 곳을 언제나 갈망했었지. 이곳에서 살자.〉 (대부분의 남자들이 전에 한 번도 본 적 없는 여자가 자기와 일생을 함께할 여자요, 자기의 소유가 될 여자요, 인생이 다하는 순간까지 곁에 머물러 줄 여자라는 생각을 번개처럼 뇌리에 떠올린다는, 이른바 첫눈에 반한 사랑 같은 감정이었다.)

조나단 노엘은 그 방을 옛날 돈으로 월세 5천 프랑씩 내기로 하고 들어가, 그곳에서 날마다 아침이면 세브르가에 있는 일터로 갔다가, 저녁이면 빵과 소시지와 사과와 치즈를 사 갖고 돌아와서는 먹고, 자고, 또 행복해했다. 일요일이 되면 방에서 좀처럼 나가지도 않았고, 방을 반들반들하게 닦거나 침대보를 새것으로 바꾸는 일을 하곤 하였다. 그렇게 그는 1년이 가고 또 1년이 가고, 10년이 가고 또 10년이 흐르도록 평화롭고 만족스럽게 살았다.

물론 그동안 외부적 변화가 있기는 했다. 이를테면 방세가 변했고, 입주해 있는 사람들의 면면이 바뀌었다. 1950년대만 하더라도 다른 방에는 파출부로 일하는 여자들이 많이 살았고, 갓 결혼한 신혼부부나 퇴직한 노인들이 살았다. 그다음에는 스페인 사람이나 포르투갈 사람 혹은 북아프리카에서 온 사람들이 이사를 오고 가는 것을 종종 목격할 수 있었다. 1960년대 말에는 대학생들이 대다수를 이루고 살았다. 그 후에는 스물네 개의 방이 다 임대되지는 못하였다. 많은 방이 그냥 빈 채로 있거나, 아래층에서 살림집을 꾸미고 사는 다른 세대의 창고 혹은 가끔씩 쓰는 손님용 방으로 이용되곤 하였다. 조나단 노엘의 방인 24호실은 세월이 흐르면서 비교적 안락한 주거지로 변했다. 그사이에 침대도 새것으로 바꾸었고, 붙박이장을 하나 마련했으며, 7.5제곱미터의 방바닥에 잿빛 카펫을 깔았고, 음식을 조리하는 곳과 세면대가 있는 구석에 래커 칠을 한 빨간색 벽지를 붙여 놓기도 하였다. 라디오, 텔레비전, 다리미도 들여놓았다. 식료품은 과거처럼 자루에 넣어 창밖으로 걸어서 보관하지 않고 세면대 밑에 있는 난쟁이 냉장고에 넣어 두어, 뜨거운 여름날이라도 버터가 녹거나 소시지가 말라비틀어지는 일은 일어나지 않게 되었다. 침대 머리맡에는 선반을 하나 매달아서 열일곱 권이 넘는 책들을 꽂아 놓았다. 포켓형 의학 사전 세 권을 비롯하여 크로마뇽인과 청동기 시대의 주조 기술, 고대 이집트인, 에트루리아인 그리고 프랑스 혁명을 다룬 몇 권의 아름다운 화보집, 범선에 관한 책 한 권, 여러 가지 깃발에 관한 책 한 권, 열대 지방에 사는 동물에 관한 책 한 권, 알렉상드르 뒤마의 소설책 두 권, 생시몽의 회고록, 전골 요리책 한 권, 라루스 사전 한 권과 직무상의 권총 사용 규정에서 특히 주의해야 할 점을 다룬 경비원을 위한 요점 정리 책자 한 권 등이 있었다. 침대 밑에는 포도주도 10여 병이나 모아 두었는데, 그 가운데에는 1998년 퇴임식 날 마시려고 특별히 준비해 둔 〈샤토 슈발 블랑〉이라는 고급 포도주도 한 병 있었다. 각별하게 신경을 써서 설치한 전등불은 조나단이 방 안의 세 곳 — 침대 머리맡이나 침대 발치 혹은 책상 — 가운데 어느 곳에서든지 앉아 신문을 읽더라도 눈이 부시지 않고, 신문에 그림자가 생기지 않게 하였다.

그렇게 물건을 많이 들여놓다 보니 방은 마치 너무 많은 진주알을 품은 조개처럼 안쪽으로 빼곡해져 갔다. 그리고 그렇게 다각도의 절묘한 공간 활용은 그 방을 그냥 단순히 〈코딱지만 한〉 방이라기보다는 배의 선실이나 고급 기차의 침대칸처럼 보이게 만들었다. 그러나 그 방의 가장 중요한 특성은 30년 동안 줄기차게 이어져 내려왔다. 그곳은 조나단에게 불안한 세상 속의 안전한 섬 같은 곳이었고, 확실한 안식처였으며, 도피처였다. 그곳은 그를 따뜻하게 맞이해 주는 애인, 정말 애인 같은 장소였다. 그 작은 방은 저녁에 돌아오면 그의 몸을 따뜻하게 덥혀 주었고, 포근하게 감싸 주었으며, 그가 필요로 할 때는 영혼과 실체로서 항상 그의 곁에 있어 주었고, 결코 그를 버리지 않았다. 그렇게 함으로써 그곳은 그의 일생에 오직 유일하게 신뢰할 수 있을 만한 것으로 자리매김되었다. 그렇기 때문에 그는 단 한순간이라도 그곳을 버리고 떠날 생각을 하지 않았다. 그사이 나이가 오십이 넘었고, 그 많은 층계를 오르는 일이 가끔씩 힘에 부치고, 번듯한 부엌과 자기 혼자만 사용할 수 있는 욕실을 갖춘 제대로 된 아파트를 임대할 수 있을 만큼 봉급을 받게 되기는 하였어도 마찬가지였다. 그는 자기가 사랑하는 것에 충실하려고 노력하였고, 오히려 그것에 밀착하여 좀 더 가깝게 그것과 자신을 묶어 매고자 계획하였다. 그 방을 아예 자기 것으로 구입함으로써 그것과 자신과의 관계를 영원히 깨려야 깰수 없는 관계로 만들 생각이었다. 집 소유주인 라살 부인과의 계약도 이미 마쳤다. 방값은 새로 나온 돈으로 5만 5천 프랑을 내기로 했다. 그중에 4만 7천 프랑은 벌써 지불을 끝낸 상태였다. 나머지 8천 프랑만 연말에 내면 그만이었다. 그렇게 되면 그것은 마침내 그의 소유가 될 것이고, 죽음이 그 둘을 갈라놓기 전에는 이 세상의 그 어느 것도 조나단과 그가 사랑하는 방을 떼어 놓을 수 없게 될 터였다.

여기까지가 비둘기 사건이 발생하기 전인 1984년 8월 어느 금요일 아침까지의 상황이었다.

조나단이 잠자리에서 일어난 지 얼마 안 되어서였다. 실내화를 찾아 신고, 나이트가운을 입은 채 여느 아침처럼 면도를 하기 전에 복도에 있는 공동변소를 찾아 나설 참이었다. 문을 열기 전에 그는 복도에 아무도 없는지 확인하기 위해 문에 귀를 바짝 갖다 댔다. 같이 세 들어 사는 사람들과 마주치는 것을 그는 달가워하지 않았고, 더구나 이른 아침에 잠옷과 나이트가운을 입은 모습으로, 그것도 하필이면 변소로 가는 길에 만나는 것은 딱 질색이었다. 누군가 화장실을 사용 중이라는 것을 알게 되는 것만도 그에게는 상당히 기분 나쁜 일이었다. 그런데 하물며 세 들어 있는 사람 가운데 누군가와 화장실 앞에서 맞닥뜨린다는 것은 생각만 해도 끔찍스러운 노릇이었다. 그런 경우를 25년 전인 1959년 여름에 딱 한 번 당했는데, 그때의 일을 생각하면 그는 아직도 여전히 등에 소름이 끼쳤다. 두 사람은 상대방을 보고 동시에 놀라 소스라쳤고, 서로 몰랐다면 딱 좋았을 일을 상대에게 들킴으로써 똑같이 익명성을 잃어버렸다. 둘 다 똑같이 한발 물러섰다가, 또다시 앞으로 다가섰으며, 성급하게 부랴부랴 예의를 갖추려고 했다. 〈먼저 들어가시지요.〉〈아니 괜찮아요, 아저씨.〉〈하나도 안 급합니다.〉〈아니에요.〉〈먼저 하시지요.〉〈제가 드리고 싶은 말씀인걸요.〉 그런 모든 짓거리를 잠옷 바람으로 했었다! 그는 그런 꼴을 다시는 경험하고 싶지 않았고, 또 미리 조심스럽게 바깥 소리를 엿들어 왔던 습관 덕택에 그 이후 똑같은 일을 당하지 않을 수 있었다. 귀를 쫑긋 세운 채 문밖에서 나는 소리에 열심히 귀를 기울였다. 복도에서 나는 소리를 그는 모두 다 알고 있었다. 탁탁거리는 소리라든가, 찰칵하는 소리, 물이 쏴 하고 내려가는 소리라든가, 뭔가 스쳐 지나가는 소리, 심지어 아무런 소리도 들리지 않는 침묵의 의미마저 그는 다 꿰뚫을 수 있었다. 그래서 그날 아침 그는 — 이미 불과 몇 초 전에 문에 귀를 대고 바깥 동정을 살폈기 때문에 — 복도에 아무도 없다는 것과 화장실이 비어 있다는 것 그리고 아직 모두 잠자리에 있다는 것을 알았다. 왼손으로는 안전 자물쇠의 꼭지를 돌리고, 오른손으로는 용수철 자물쇠의 손잡이를 돌린 다음, 빗장을 열고, 문을 가볍게 밀며 활짝 열었다.

그가 한 발을 문지방 너머로 거의 떼어 놓을 뻔한 순간이었다. 이미 왼쪽 다리를 든 다음이었고 — 그가 그것을 목격하였을 때 그의 발은 막 걸음을 옮겨 놓으려던 참이었다 — 그것이 그의 문밖에 앉아 있었다. 문지방에서 불과 20센티미터도 떨어지지 않은 곳에, 창문을 통해 들어온 아침 햇살의 창백한 역광을 받으며 있었다. 납색의 매끄러운 깃털을 한 그것은 황소 피처럼 붉은 복도의 타일 위에, 갈퀴 발톱을 한 빨간 다리를 보이며 웅크리고 앉아 있었다. 비둘기였다.

새는 고개를 비스듬히 옆으로 누인 채 왼쪽 눈으로 조나단을 뚫어져라 쳐다보았다. 그 눈, 작고 둥그스름한 원반형에다 가운데가 까만 갈색인 그것은 보기에 너무나도 끔찍스러웠다. 그것은 마치 머리털에 꿰매어 놓은 단추처럼 보였고 속눈썹도 없는 듯 광채도 없이, 그냥 무턱대고 아무런 거리낌 없이 끔찍스럽게 무표정한 시선을 밖으로 내던지고 있었다. 어떻게 보면 그 눈 속에 교활한 머뭇거림이 숨어 있는 것 같기도 하였다. 또 어떻게 보면 그것은 무표정하거나 머뭇거리는 듯 보이지 않았고, 외부의 빛을 몽땅 빨아들이기만 할 뿐 자기 자신은 빛을 전혀 밖으로 내보내지 않는 카메라의 렌즈처럼 생명이 없는 듯이 보이기도 했다. 어떤 광채나 희미한 빛조차도 그 눈에는 나타나지 않았으며, 살아 있는 흔적이라고는 도무지 찾아볼 수가 없었다. 아무것도 보지 못할 눈이었다. 바로 그 눈이 조나단을 뚫어지게 쳐다보고 있었다.

그는 죽을 만큼 놀랐다. 그때의 순간을 나중에 그렇게 표현할 수도 있었겠지만, 그 말은 사실상 옳지 않았다. 정작 그를 더욱 놀라게 했던 순간은 좀 더 나중에 찾아왔다. 그때야말로 그는 까무러치게 놀라 죽을 뻔했다.

5초, 어쩌면 10초의 시간이 흐른 다음이었다. 그에게는 그 시간이 영겁 같았다. 손으로는 손잡이를 그대로 잡고, 발은 걸음을 떼어 놓으려는 자세로 위로 든 채 마치 그 자리에 얼어붙은 듯이 앞으로 나가지도 못하고 들어오지도 못하면서 문지방에 서 있었다. 바로 그때 약간의 미동이 있었다. 비둘기가 두 발의 위치를 바꾸었는지, 날갯죽지를 약간 움직였는지는 잘 모르겠지만 — 어쨌든 새의 몸이 약간 꿈틀대는 듯 하더니 — 그와 동시에 눈꺼풀이 눈을 덮어 버리는 것이었다. 눈꺼풀이 하나는 아래쪽에서, 또 하나는 위쪽에서 나온 것 같았는데, 실제로 그것은 눈꺼풀이라기보다는 고무 같은 것으로 만들어진 씌우개처럼 보였고, 아무것도 없다가 갑자기 생겨나 순식간에 눈을 삼켜 버린 입술 같은 것이었다. 눈 깜짝할 사이에 눈이 사라졌다. 그제야 조나단은 공포로 몸서리를 쳤다. 너무 놀란 나머지 머리카락도 빳빳하게 섰다. 비둘기의 눈이 미처 다시 뜨이기도 전에 그는 후닥닥 문을 닫고 방 안으로 들어갔다. 안전 자물쇠의 꼭지를 돌리고 부들부들 떨며 비틀비틀 침대까지 가, 마구 방망이질 쳐대는 가슴을 부여잡고 털썩 주저앉았다. 이마는 얼음장처럼 차가웠고, 목덜미와 등허리에는 식은땀이 흘러내렸다.

그의 머리에 우선 떠오르는 생각은 심장 마비나 뇌졸중 혹은 최소한 혈액 순환 장애 정도의 증상이 나타날 것이라는 추측이었다. 나이 오십부터는 아주 사소한 계기만 생겨도 그런 험한 질병에 걸리게 된다는 생각과 자신이 이미 그럴 만한 나이가 되었다는 자각 때문이었다. 그래서 그는 침대에 모로 누운 다음 부들부들 떨리는 어깻죽지 위까지 담요를 끌어 올려 덮고 — 그가 언젠가 포켓형 의학 사전에서 전형적인 심장 마비 증세라고 읽은 바 있는 — 경련을 일으킬 듯한 심한 통증과 가슴 부위 및 어깨 근처에 콕콕 찌르는 듯한 증세 또는 의식이 서서히 꺼져 가는 현상이 나타나기를 기다렸다. 그러나 그런 비슷한 것조차 일어나지 않았다. 심장 박동은 차츰 진정이 되었고, 피는 다시 머리와 사지 쪽으로 고르게 돌았으며, 뇌졸중의 확실한 증상이라고 할 수 있는 마비는 나타나지 않았다. 발가락과 손가락을 움직일 수 있고, 얼굴도 찡그려 볼 수 있었으므로 신체 기관과 신경이 그런대로 정상이라는 증거가 되었다.

대신 그의 뇌리에는 완전히 뒤죽박죽된 공포의 사념들이 무더기로 떠오르며 마치 한 무리의 까마귀 떼처럼 시끄럽게 소리치며 머릿속을 휘저었고, 또 자기들끼리 엎치락뒤치락 하기도 하였다. 〈너는 이제 끝장이야!〉라고 소리를 꽥 지르는 것 같았다. 〈너는 이제 늙었고 끝났어. 기껏 비둘기한테 놀라 자빠지다니! 비둘기 한 마리가 너를 방 안으로 몰아넣고, 꼼짝 못하게 만들고, 가두어 놓다니! 조나단, 너는 이제 죽은 목숨이야. 설령 지금 당장 죽지 않는다고 하더라도 곧 그렇게 될 거야. 네 인생은 실패한 거야. 한낱 비둘기가 망쳐 놓았으니 넌 망한 거야. 넌 새를 죽여야 해. 그러나 넌 그걸 절대로 죽이지 못해. 파리 한 마리도 넌 잡지 못해. 아니, 파리 정도라면 할 수도 있겠지, 파리가 딱 한 마리라면 혹은 모기 한 마리나 작은 딱정벌레라면 그럴 수도 있겠지만, 뜨거운 피가 흐르고 있는 것은 절대로, 더구나 비둘기처럼 몸무게가 454그램이나 되면서 뜨거운 피가 흐르고 있는 것은 죽이지 못해. 그것보다는 차라리 총으로 사람을 쏘는 편이 쉽겠지. 타앙! 그렇게 하는 것이 신속하고, 겨우 8밀리미터밖에 안 되는 구멍만 남기게 될 거야. 뒤가 깨끗하고 법적으로도 허용되는 일일 테니까. 긴급한 상황에서는 허용되는 법이 잖아. 더구나 무장 경비원의 근무 규정 제1조를 보면 오히려 그렇게 하라고 명시되어 있지. 네가 사람을 향해 총을 쏜다면 어느 누구도 너를 비난하지 않을 거야. 그렇지만 비둘기에게 그런다면? 비둘기를 어떻게 쏜단 말인가? 비둘기는 퍼덕거릴 테니까 총알이 쉽게 빗나갈 테고, 비둘기를 총으로 쏜다는 것은 야만적인 불법 행위요 금지된 짓이니까 결과적으로 직무상 부여받은 무기를 압수당하고 직장을 잃게 되겠지. 비둘기를 총으로 쐈다고 감옥으로 끌려갈지도 모르지. 아니, 넌 그것을 절대로 죽일 수 없어. 그렇다고 살 수도, 그것과 더불어 살 수도 없어. 결코 안 돼. 비둘기가 안에서 살고 있는 집에 인간이 같이 살 수는 없는 노릇이지. 비둘기는 혼란과 무질서의 대명사가 될 거야. 예측을 불허한 채 울면서 아무 데로나 마구 돌아다니고, 발톱으로 할퀴는가 하면 눈을 콕콕 찌르기도 할 비둘기. 쉴 새 없이 집을 더럽히고, 무시무시한 박테리아균을 털어 놓거나, 뇌막염을 유발하는 바이러스를 몰고 다닐 비둘기. 더구나 그것은 혼자 살지도 않겠지. 다른 비둘기를 꼬드겨 데리고 들어오면 자연스럽게 짝짓기가 이루어질 테고, 그렇게 되면 엄청나게 빠른 속도로 새끼가 번식하겠지. 한 무리의 비둘기 떼가 너를 포위하게 될 거야. 넌 방에서 한 발자국도 나가지 못할 거야. 굶주려 죽게 될 거야. 네 자신의 배설물 냄새에 질식할 수도 있겠지. 마침내는 창밖으로 몸을 던질 테고, 네 몸은 보도 위에 만신창이가 되어 쭉 뻗게 될 거야. 아니, 넌 너무 겁이 많아. 방문을 걸어 잠근 채 도와 달라고 소리칠지도 모르지. 넌 사다리를 갖고 와서 비둘기로부터 너를 구해 달라고 소방관을 찾을 거야. 겨우 비둘기 한 마리 때문에 말이야! 집에 사는 모든 사람의 비웃음거리가 될 테고, 근방에 사는 사람들이 경멸하는 대상이 되겠지.《저기 노엘 씨 좀 봐!》라고 소리치면서 사람들은 너한테 손가락질하게 될 거야.《저것 봐, 노엘 씨가 비둘기 한 마리 때문에 구조를 요청했대!》사람들은 널 정신 병원에 보내려고 할 거야. 오! 불쌍한 조나단, 네가 처해 있는 상황에는 아무런 희망이 없어. 넌 망했어.〉

그런 따위의 사특한 생각들이 그의 머릿속에서 꽥꽥 소리치며 외쳐 댔고, 조나단은 너무나 당혹스럽고 절망적인 나머지 유년 시절 이후 한 번도 하지 않은 행동을 했다. 절박한 심정으로 두 손을 모아 기도를 올리는 자세를 취한 것이다.

그는 간절히 기도했다.

「오, 하느님, 하느님. 왜 저를 버리시나이까? 왜 제게 이다지도 큰 벌을 내리시나이까? 하늘에 계신 아버지시여, 제발 저를 저 비둘기로부터 구해 주소서! 아멘!」

보다시피 그것은 제대로 형식을 갖춘 기도문이 아니었다. 오히려 기억 속에 남아 있는 초보적인 종교 교육의 토막들을 어설프게 짜 맞춰서 토해 놓은 것에 가까웠다. 비록 그렇기는 하였지만 어느 정도 정신 집중을 해야만 했기 때문에 온갖 잡념으로 어지러운 머리를 정리할 수 있어서 도움이 되기는 하였다. 그리고 그것과는 종류가 다른 것이 좀 더 강한 힘으로 그에게 도움을 주었다. 기도를 마치기가 무섭게 참을 수 없는 요의를 느꼈으며, 그것은 즉시 어디로든지 가서 볼

일을 해결하지 않는다면 그가 누워 있는 훌륭한 매트리스는 물론이거니와 멋진 잿빛 카펫이 더럽게 젖을 것이라는 자각이었다. 그것이야말로 그로 하여금 정신이 퍼뜩 들도록 만들었다. 그는 신음 소리를 내며 자리에서 일어나 문 쪽으로 난감한 시선을 던졌다……. 아니, 그 문을 통해서는 절대로 나갈 수 없었다. 설령 애꿎은 비둘기가 그사이에 없어졌다고 하더라도 도저히 화장실까지 갈 자신이 없었다. 세면대로 가서 나이트가운의 앞섶을 열고, 잠옷 바지를 밑으로 내린 다음, 수도꼭지를 틀고, 세면기 안에다 오줌을 눴다.

전에는 그런 짓을 한 번도 한 적이 없었다. 백색에 눈이 부시도록 깨끗하고, 세수는 물론이거니와 그릇마저 씻는 용도로 사용해 온 세면기에 오줌을 누고 있다는 것만으로도 온몸에 소름이 끼쳤다! 그는 자기의 인격이 이 정도로 형편없이 땅에 떨어지리라고는 꿈에도 상상해 보지 못했으며, 어떤 경우든 이런 신성 모독적인 행위를 범할 만한 입장에 처하게 되리라는 생각은 한 번도 해보지 못했다. 그렇지만 그가 자신의 눈으로 직접 목격한 것은 아무런 거리낌도 없이 오줌이 쏟아져 나와, 물과 함께 섞이면서 하수구로 쏠려 들어가는 광경이었다. 그걸 본 순간 아랫도리가 한결 가뿐해진 느낌이 들면서 두 눈에서 눈물이 흘러내렸다. 너무나 부끄러웠다. 일을 다 마치고도 한참 동안 계속 수도꼭지를 틀어 놓은 다음 자신이 저지른 어처구니없는 행위의 작은 흔적이라도 남겨 두지 않으려고 액체 세제로 박박 문질러 닦았다.

「딱 한 번 그랬으니까 괜찮아.」

세면대와 방과 자기 자신에게 변명이라도 하는 것처럼 그는 그렇게 중얼거렸다.

「한 번 한 것은 괜찮아. 꼭 한 번 다급한 사정으로 한 짓이니까 그런 일이 다시는 절대로 일어나지 않을 거야…….」

그는 다시 평온을 되찾았다. 씻고, 액체 세제병을 치우고, 걸레를 짜는 — 자주 해와서 몸에 아주 익숙해진 — 행동들이 그로 하여금 다시 정신을 가다듬을 수 있게 해주었다. 시계를 보았다. 막 7시 15분을 가리키고 있었다. 보통 때 7시 15분이면 면도를 끝내고, 침대도 정리를 끝내 놓을 시각이었다. 하지만 시간이 좀 뒤처진 것은 부득이 어쩔 수 없이 아침 식사를 거르면 빠듯하게 만회할 수 있을 것 같았다. 실제로 아침을 먹지 않는다면 — 그의 계산대로라면 — 평소보다도 7분이나 빨랐다. 중요한 것은 그가 8시 5분에 방을 나서야 8시 15분까지 은행으로 갈 수 있다는 점이었다. 무엇을 하고, 어떻게 보내야 할지 대책이 서지는 않았지만 어쨌든 그에게는 아직 45분이라는 유예된 시간이 남아 있었다. 긴 시간이었다. 방금 전에 하마터면 죽을 뻔했고, 심장 마비를 겨우 모면한 사람에게 45분은 많은 시간이었다. 더구나 꽉 찬 방광 때문에 차츰 더해 가던 압박감을 더 이상 받지 않게 된 사람에게 그것은 실제의 곱이나 되는 시간이었다. 우선 그는 마치 아무 일도 일어나지 않은 것처럼 행동하기로 맘을 먹고, 평상시와 마찬가지로 아침에 해야 할 일들을 그냥 하기로 했다. 세면대에 뜨거운 물을 받아 놓고 면도를 시작하였다.

면도를 하는 동안 그는 찬찬히 생각을 가다듬으며 자신에게 이렇게 말했다.

「조나단 노엘, 넌 2년 동안 인도차이나에서 군 복무를 했고, 또 그곳에서 온갖 힘겨운 상황들을 잘 견뎌 냈었지. 너의 용기와 지혜를 총동원하고, 적절한 복장을 갖추고, 행운이 따라 준다면 넌 이 방에서 탈출하는 데 성공할 수 있어.」

그런데 막상 성공한다고 하더라도 그때는 또 어떻게 해야 할지에 대한 궁금증이 생겼다. 정말로 문 앞에 있는 그 흉물스러운 새 옆을 지나서, 아무런 불상사도 당하지 않고 층계가 있는 곳까지 간다면, 그렇게 안전지대로 피신한다면 그다음은 어떻게 되는 건지에 대한 의문이었다. 직장으로 출근하고, 낮 시간을 무사히 넘길 수는 있겠지만 그다음에는 어떻게 해야 하느냐가 문제였다. 〈오늘 저녁이 되면 어디로 가야 하지? 밤은 또 어디에서 보내고? 기왕에 도망치는 마당에 비둘기와 두 번 다시 마주치고 싶지 않아. 무슨 일이 있더라도 그 새하고는 한 지붕 아래서 단 하루, 단 하룻밤, 단 한 시간이라도 살 수 없다는 것이 내 확고부동한 생각이야. 그러니 오늘 밤, 아니 그 이후의 며칠도 호텔에서 묵을 준비를 해야겠군. 그렇다면 면도기와 칫솔과 갈아입을 옷가지를 챙겨 가야지. 그런 것들 말고도 개인 수표책도 챙기고, 혹시 모르니까 저금통장도 가지고 가야겠어. 수표로 끊는 통장 구좌에는

1천2백 프랑이 들어 있다. 그 정도라면 2주일은 버틸 수 있어. 물론 방을 싼 것으로 얻는다고 전제한다면 그렇지. 그렇지만 그래도 여전히 비둘기가 방의 출입을 차단하고 있다면, 그때는 다시 저금해 두었던 돈도 꺼내 써야만 하겠군. 통장에는 6천 프랑이 들어 있지. 상당히 많은 돈이야. 그 돈이라면 몇 달이건 호텔에서 지낼 수 있을 거야. 거기다가 매달 실수령액으로 3천7백 프랑을 월급으로 받고 있잖아. 그래도 연말에 8천 프랑을 라살 부인에게 마지막 잔금으로 지불해야 하는 문제가 남아 있지. 방값으로 말이야. 더 이상 살지도 않을 방값을 내는 꼴이군. 마지막 잔금 내는 날짜를 조금 늦춰 달라고 라살 부인에게 둘러댈 구실이 필요할 텐데. 아무리 그래도 구입하기로 약속한 방의 출입을 비둘기가 막고 있어서 몇 달째 호텔에서 묵고 있기 때문에 잔금으로 남은 8천 프랑을 낼 수 없다고 말할 수는 없잖아……. 정말 그렇게 말할 수는 없는 노릇이야…….〉

그런 생각들을 하고 있는데 금화가 다섯 개 있다는 사실이 갑자기 머릿속에 떠올랐다. 하나에 6백 프랑의 값어치는 충분히 될 다섯 개의 나폴레옹 금화는 알제리가 전쟁 중이던 1958년에 인플레에 대한 불안 때문에 사두었던 것들이었다. 〈그것들을 필히 가져가야지……. 그것 말고도 어머니의 가느다란 황금 팔찌도 있어. 트랜지스터라디오도 있고. 그리고 전 직원에게 크리스마스 선물로 지급되었던 고급스러운 은도금 볼펜도 있지. 그런 진귀한 물건들을 다 팔아 버리고, 아주 근검절약하는 생활을 한다면 연말까지 호텔에서 묵는다고 하더라도 8천 프랑을 라살 부인에게 낼 수 있을 거야. 만약 그렇게만 된다면 내년 1월부터는 방이 내 것이니까 방 삯을 지불하지 않아도 되어서 사정이 훨씬 수월해질 거야. 어쩌면 비둘기가 올해 겨울을 넘기지 못할 수도 있잖아? 비둘기의 수명이 얼마나 되더라? 2년, 3년, 10년? 게다가 그 새가 이미 늙은 것이라면? 혹시 1주일 안에 죽게 되는 건 아닐까? 아니, 오늘 당장 죽을지도 몰라. 그냥 죽으려고 이곳까지 왔는지도 모르지…….〉

면도를 마치고, 받아 두었던 물을 내려보내고, 다시 물을 받아 세수를 하고, 발도 닦았다. 이를 닦은 다음 다 쓴 물을 다시 내려보내고, 걸레로 세면대 물기를 깨끗하게 닦았다. 그리고 침대도 정리했다.

옷장 아래에는 더러운 옷들을 모아 두었다가 한 달에 한 번씩 세탁소로 가져가기 위해 빨랫감을 보관하는 낡은 가방이 하나 있었다. 그것을 꺼내어 속을 비운 다음 침대 위에 올려놓았다. 그것은 그가 1942년 샤랑통에서 카바용으로 갈 때 들었던 가방이고, 1954년 파리로 올 때 썼던 것이기도 했다. 그 허름한 가방을 이제는 침대 위에 올려놓고, 더러운 빨랫감이 아니라 — 마치 여행을 떠나는 사람처럼 — 깨끗한 옷가지, 구두, 세면도구, 다리미, 수표책, 귀중품 등으로 차곡차곡 채워 나가는 그의 눈에 굵은 눈물방울이 맺혔다. 이번에는 부끄러워서가 아니라 절망적인 허탈함 때문이었다.

마치 인생이 30년 전으로 되돌아가는 것 같았고, 지난 30년이 송두리째 다 날아가 버리는 느낌이었다.

짐을 다 챙기고 나니 8시 15분 전이었다. 옷을 갈아입었다. 먼저 평상시에 입던 제복을 입었다. 회색 바지, 파란색 셔츠, 가죽점퍼, 권총집이 달려 있는 가죽 벨트, 회색 모자. 그런 다음 비둘기와 마주칠 경우를 대비하여 복장을 갖추기 시작했다. 그것이 어떤 형태로든지 그의 몸과 접촉한다는 생각만 해도 정말 몸서리가 쳐졌다. 예를 들어 그의 복숭아뼈를 쫀다든지, 퍼덕거리며 날다가 날개 부위가 그의 손이나 목에 닿는다든지, 심지어 갈퀴 발톱처럼 벌어진 그 발로 그의 몸 위에 내려앉는다든지 하는 것들이었다. 그래서 그는 가벼운 단화를 신지 않고, 보통 대개 1월이나 2월에 신고 다녔던, 바닥이 새끼 양의 가죽으로 만들어졌고 목이 길며 가죽이 억센 장화를 신었다. 거기에다가 겨울 외투를 꺼내 입고 단추를 위부터 아래까지 다 잠근 다음, 털목도리를 턱까지 바짝 닿도록 두르고, 손은 속에 털이 있는 장갑을 껴 감췄다. 오른손으로는 우산을 들었다. 그렇게 완전 무장한 모습을 갖추고 방으로부터 탈출을 감행하기 위해 8시 7분 전에 모든 준비를 끝냈다.

모자를 벗고, 문에 귀를 바짝 갖다 댔다. 아무 소리도 나지 않았다. 모자를 다시 머리 위에 얹고 이마까지 푹 눌러쓴 다음, 가방을 문가로 들어다 놓았다. 오른손을 자유롭게 움직일 수 있도록 우산을 손목에 걸고, 오른손으로 손잡이를 잡고, 왼손으로는 안전 자물쇠의 꼭지를 잡았다. 빗장을 여니 문이 조금 열렸다. 밖을 살짝 훔쳐보았다.

비둘기는 더 이상 문 앞에 있지 않았다. 그것이 앉아 있었던 타일 위에는 5프랑짜리 동전 크기만 한 에메랄드그린색의 똥과 문 사이로 부는 바람에 살짝 나부끼는 작은 흰색 깃털이 보였다. 조나단은 속이 몹시도 메슥거렸다. 당장 문을 도로 닫아 버리고 싶은 충동을 억누르기 힘들었다. 그의 가장 솔직한 심정은 바깥의 그 혐오스러운 모습을 뒤로하고, 안전한 자기 방으로 다시 돌아가고 싶다는 것이었다. 그 순간 그는 새똥이 한 곳에만 있는 것이 아니라, 이곳저곳 여러 곳에 있는 것을 보았다. 그의 시야에 들어오는 복도 전체가 시푸르뎅뎅하고 축축하고 번들거리는 똥으로 지저분하게 더럽혀져 있었다. 그런데 그렇게 구역질 나는 것이 많이 있는 것을 보자 역겨움이 더 심해지기는커녕 오히려 그 반대로 이상한 반응이 생겼다. 만약에 새똥이 하나만 있고 깃털도 하나뿐이었다면 그는 필경 뒷걸음질하여 안으로 들어가, 문을 닫고 영원히 열지 못했을 것이다. 그러나 비둘기가 복도 전체를 오물로 더럽힌 이상 — 가장 혐오스러운 모습이 보편화되었다는 점에서 — 새로운 용기가 생겨났다. 그는 문을 활짝 열어젖혔다.

이제야 비로소 비둘기가 보였다. 오른쪽으로 1.5미터쯤 떨어진 복도 맨 끝 구석에 웅크리고 있었다. 햇빛이 거의 들지 않는 곳이었고, 조나단도 그쪽으로는 아주 잠시 동안만 시선을 던졌기 때문에 그것이 잠들었는지 깨어났는지, 아니면 눈을 뜨고 있는지 감고 있는지 전혀 알 수가 없었다. 또한 그것은 그가 알고 싶지 않은 것들이기도 했다. 아예 그것을 보지 않을 수 있었다면 정말 좋았을 거란 생각도 들었다. 전에 언젠가 열대 지방에 사는 동물에 관한 책을 보았을 때 어떤 동물들, 예를 들어 오랑우탄 같은 것은 사람들이 똑바로 쳐다보기만 하면 공격한다는 것을 읽은 생각이 났다. 그러나 그런 동물을 보고도 못 본 척하면 아무 일도 일어나지 않는다는 것이었다. 혹시 비둘기도 그와 비슷한 반응을 보이는 것이 아닐까 하는 의심이 들었다. 어쨌든 조나단은 비둘기가 거기 없는 것처럼 혹은 적어도 그것을 보지 못한 것처럼 행동하기로 했다.

시푸르뎅뎅한 똥 사이로 가방을 아주 천천히 조심스럽게 복도 쪽으로 끌어냈다. 그런 다음 우산을 펴서 왼손으로 들고, 그것으로 방패처럼 가슴과 얼굴을 가린 채 바닥에 있는 똥에 주의를 게을리하지 않으면서, 복도 쪽으로 걸어 나와 등 뒤로 문을 닫았다. 아무 일도 없는 것처럼 행동하리라고 마음을 단단히 다지기는 하였어도 가슴은 마구 방망이질을 쳐댔고, 장갑을 낀 손으로 주머니에서 열쇠를 꺼낼 때는 너무나 흥분한 나머지 덜덜덜 떨렸다. 그 바람에 하마터면 우산을 놓칠 뻔해서 어깨와 뺨 사이에 그것을 꼭 끼워 넣으려고 오른손으로 잡다가 그만 열쇠를 바닥에 떨어뜨리고 말았다. 똥 바로 옆이었다. 하는 수 없이 허리를 구부려 그것을 꽉 잡고, 가슴이 두근거려 세 번씩이나 열쇠 구멍을 제대로 찾지 못하다가, 열쇠가 구멍에 들어갔을 때는 연거푸 두 번이나 구멍을 돌렸다. 바로 그 순간 그의 귓가에는 새가 푸드덕거리는 소리가 등 뒤에서 나는 것만 같았다……. 어쩌면 그것은 우산이 벽에 긁히며 난 소리인지도 모를 일이었다……. 그러나 또다시 분명하고도 아주 짧게 마른 날개가 푸드덕대는 소리를 들었을 때 그는 엄청난 공포에 사로잡혔다. 그래서 열쇠 구멍에 있던 열쇠를 황급히 빼내 들고 가방을 움켜쥔 채 냅다 달음박질을 쳤다. 활짝 펼쳐진 우산이 벽을 긁어 대는 소리가 났고, 가방은 다른 방문들에 마구 부딪치며 뒤뚱거렸고, 복도 중앙쯤에 있던 열린 창문짝이 길을 가로막았지만, 그는 막무가내로 앞쪽으로 달음질쳤다. 그것도 너무나 무모하고 고집스럽게 하는 바람에 우산이 발기발기 찢겨 버렸다. 그래도 그는 전혀 주저하지 않았다. 그에게는 이제 아무것도 상관없었다. 다만 멀리, 더 멀리, 더 멀리 도망치고 싶을 뿐이었다.

충계가 있는 곳에 다다라서야 겨우 잠시 멈춰 서서 거추장스러운 우산을 접었고, 잠깐 뒤를 돌아다보았다. 아침 햇살의 투명한 빛줄기가 창문을 통해 쏟아져 들어오고 있었고, 복도의 후미진 응달에 한 줄기의 날카로운 빛이 부서지고 있었다. 처음에는 그 안을 그냥 들여다볼 수가 없었다. 우선 눈을 감았다가 굳이 다시 보려고 하자 그제야 어두컴컴한 구석에 있던 비둘기가 몇 걸음 뒤뚱거리며 빠르게 걸어 나와 다시 주저앉는 것이 보였다. 그의 방 바로 앞이었다.

몸서리를 치며 고개를 돌린 다음 그는 층계를 내려갔다. 그 순간 그는 자기가 다시는 돌아오지 않게 되리라는 것을 분명하게 느낄 수 있었다.

계단을 하나하나 밟으며 내려가는 동안 마음이 진정되었다. 3층 계단 입구쯤에 이르자 갑자기 몸이 후끈거리며 더웠다. 겨울 외투에 목도리를 두르고, 가죽 장화를 신고 있다는 것을 비로소 깨달았다. 그곳은 아래층 세대들의 부엌과 뒤쪽 계단이 연결되는 곳이었으므로 장 보러 갔던 가정부가 나타나든지, 빈 술병을 내놓는 리고 씨와 언제라도 마주칠 수 있었다. 또는 혹시 무슨 볼일이라도 생겨서 라살 부인이 나타날지도 모를 일이었다. 그 부인은 일찍 일어나는 습관이 있었고, 마침 코를 찌를 듯한 커피 향기가 복도를 채우는 것으로 봐서 이미 일어나 있음이 분명했다. 그러니 라살 부인이 부엌 뒷문을 언제라도 열 수 있을 텐데, 뜨거운 8월에 겨울옷을 잔뜩 꾸려 입은 괴팍스러운 조나단과 문 앞에서 마주칠 수도 있었다. 남을 기겁하게 만들어 놓고 무심히 지나칠 수는 없을 것 같았다. (어떻게 해서든지 무슨 설명이라도 하나 해야 할 텐데 도대체 무슨 말을 한담? 뭐라고 거짓말을 하지?)

그의 옷차림에 맞을 성싶은 변명은 쉽게 찾을 수 있을 것 같지 않았다. 어설픈 변명을 늘어놓아 보았자 그를 미쳤다고 볼 것이 뻔한 노릇이었다. 그는 어쩌면 자기가 정말로 미쳤는지도 모른다는 생각을 했다.

가방을 내려놓고 구두를 꺼낸 다음, 장갑과 외투와 목도리와 장화를 벗었다. 그런 후 구두를 신고 목도리와 장갑과 장화는 가방 속에 구겨 넣고, 외투는 팔에 걸쳤다. 그러고 나니 그가 생각했던 대로 남들 보기에 그럭저럭 괜찮은 복장이 되었다. 경우에 따라서는 빨래방으로 빨래를 가져가고, 외투는 세탁소에 맡기러 간다고 말을 둘러댈 수도 있는 일이었다. 그는 한결 가벼워진 마음으로 층계를 계속 내려갔다.

뒷마당에서 집 청소와 관리를 하는 로카르 부인과 맞닥뜨렸다. 로카르 부인은 빈 쓰레기통을 작은 수레에 싣고 집 안으로 끌고 오려던 중이었다. 그 여자를 보자 가슴이 찔끔했고, 돌연 발걸음이 잘 떼어지지 않았다. 이미 모습을 들켰기 때문에 어두운 계단 밑으로 도로 들어갈 수도 없었으므로 그냥 내처 걸어야만 했다.

「안녕하세요, 노엘 씨.」

의도적으로 걸음을 조심스럽게 옮기며 곁을 지나치려는 조나단에게 로카르 부인이 인사말을 건넸다.

「안녕하시오, 로카르 부인.」

기어드는 듯한 작은 소리로 그가 답했다. 그것뿐 더 이상 아무 말도 주고받지 않았다. 지난 10년 동안 — 그렇게 오랜 시간을 로카르 부인이 그 집에 살아왔지만 — 그는 고작 아침저녁으로 〈안녕하시오, 부인〉이란 말을 하거나, 우편물을 받으면 〈고맙습니다, 부인〉 따위의 말만 해왔을 뿐이었다.
그렇다고 로카르 부인에게 특별히 반감을 가져서 그런 것은
아니었다. 로카르 부인이 심통 사나운 사람이라고 생각하는
것도 아니었다. 다만 그 여자는 전에 일했던 전임자뿐 아니
라 그 이전의 전임자와 별반 다른 점이 없었다. 집 청소를 하
고 관리를 하는 여자들의 전형적인 모습을 갖추고 있었다.
나이가 40대 후반이나 60대 후반 사이 어디쯤인지 통 종잡
을 수가 없었고, 그런 일을 하는 사람들이 보통 그렇듯이 복
도를 걸을 때면 뚱뚱한 몸짓으로 약간 절룩거리며 걸었고,
백지장처럼 허연 혈색에다 곰팡이 냄새 같은 것을 풍기기도
했다. 쓰레기통을 집 밖으로 끌고 가거나 혹은 다시 끌고 들
어오는 일, 아니면 계단을 청소하거나 잠깐 시장을 보러 나
가는 일을 하지 않을 때는 길과 마당 사이에 있으며 네온 불
빛이 새어 나오는 작은 숙소에 앉아 텔레비전을 틀어 놓고
바느질을 하거나, 다림질을 하거나, 음식을 만들거나, 싸구
려 포도주를 마시거나, 약쑥으로 만든 술을 마시는 등 그런
직업에 종사하는 대부분의 다른 사람들과 똑같은 생활을 했
다. 정말로 로카르 부인에게 특별한 반감이 있을 리 없었다.
다만 그렇게 집안일을 도맡아 하는 여자들에 대해서 감정이
좋지 않은 것은 사실이었다. 그들이 직업상 늘 다른 사람들
을 끊임없이 감시의 눈초리로 보기 때문이었다. 그리고 로카
르 부인은 유독 조나단을 특별히 끈덕지게 감시하는 특기를
갖고 있었다. 로카르 부인이 쳐다보지도 않고 그냥 지나가게

두는 사람은 한 명도 없기 때문에 아무도 그 곁을 그냥 지나칠 수는 없었다. 그것은 로카르 부인이 거의 눈에 띄지도 않을 만큼 눈을 살짝 떴다가 다시 감았을 때도 마찬가지였다. 숙소에서 의자에 앉아 있다가 — 주로 이른 오후 시간이나 저녁 식사 후에 — 잠깐 졸다가도, 누군가 대문을 여는 소리가 조금이라도 나면 그 즉시 눈을 뜨고 누가 그랬는지 쳐다보곤 했다. 일찍이 이 세상의 어느 누구도 로카르 부인처럼 조나단의 행동거지에 관심을 갖는 사람은 없었다. 그에게는 사실 친구도 없었다. 또 은행에서 그의 존재는 한낱 업무상 비치해 둔 물품 같은 신세라고 말할 수 있었다. 고객들은 그를 인간으로 보지 않았고, 그냥 은행의 부속품으로 여기는 듯했다. 슈퍼마켓이나 거리에서나 (마지막으로 탔던 때가 언제였는지 기억도 안 나지만) 버스에서도 그의 익명성은 다른 많은 사람으로 인해서 지켜질 수 있었다. 오직 유일하게 로카르 부인만큼은 그를 보면 꼬박꼬박 아는 척을 했고, 날마다 적어도 두 번은 어설프게나마 관심을 표명해 왔다. 그런 연유로 그의 신상에 생기는 작은 변화들은 로카르 부인에게 여지없이 발각되었다. 이를테면 어떤 옷을 입고 있다든지, 1주일에 셔츠를 몇 번 갈아입는다든지, 머리를 감았다든지, 저녁 식사용으로 무엇을 사 가지고 돌아왔다든지, 편지를 받았다든지 또 받았다면 누구로부터 받았다든지 따위들이었다. 그래서 이미 언급했다시피 조나단이 로카르 부인을 인간적으로 탐탁지 않게 생각하고 있는 것은 아니었지만, 또 그 여자의 집요한 시선이 단순한 호기심에서 기인한 것이 아니라 직업적 의무감 때문이라는 것을 충분히 잘 알고 있는 바였지만, 어쨌든 그는 그런 시선을 받을 때마다 무언의 비난을 받는 듯한 느낌이 들어서, 그 곁을 지나려면 — 세월이 그렇게 많이 지나갔건만 — 잠깐씩 뜨거운 분노 같은 것이 치밀어 오르는 것을 느끼곤 하였다. 〈빌어먹을, 도대체 나를 왜 또 그런 눈으로 보는 거야? 내가 무엇 때문에 다시 감시를 받아야 하는 거지? 이제는 제발 못 본 척해 주고 날 좀 가만히 내버려 둘 수는 없는 거야? 인간들은 왜 이렇게 남을 못살게 하는 거지?〉

더군다나 아침에 큰 사건을 이미 치르고 난 뒤라서 신경이 몹시 예민해져 있었고, 자기 자신의 한심스러운 사정이 짐 가방과 겨울 외투로 극명하게 드러나는 것 같았기 때문에 로카르 부인의 눈길이 유난히 마음에 걸렸다. 그리고 〈안녕하세요, 노엘 씨〉라고 했던 인사말이 괜스레 대단한 야유로 들리기까지 하였다. 그래서 이제까지는 늘 마음속에 잘 다독거려 둘 수 있었던 뜨거운 분노가 갑자기 가슴이 벅차도록 치밀어 오르면서 밖으로 표출되었고, 전에는 한 번도 하지 않았던 행동을 실행에 옮겼다. 로카르 부인 곁을 이미 지나쳐서 자리에 우뚝 섰고, 가방을 내려놓은 후, 그 위에 외투를 걸쳐 놓은 다음, 뒤쪽을 향해 돌아섰다. 로카르 부인의 성가시기 짝이 없는 눈초리와 주제넘은 인사말에 대해서 이제야말로 뼈 있는 한마디를 해줘야겠다는 생각으로 돌아선 것이

다. 로카르 부인에게 걸어가면서도 조나단은 막상 무슨 말을 어떻게 해야 할지 대책이 서지 않았다. 다만 뭔가를 행동으로 옮기고, 할 말도 해야겠다는 〈것〉만은 확실했다. 부글부글 끓어오르던 분노는 그 여자를 향해 걸어가는 그의 가슴속에 여전히 이글거렸고, 용기는 하늘을 찌를 듯이 치솟았다.

마당의 거의 중간쯤 되는 곳에서 그가 길을 막고 섰을 때 로카르 부인은 쓰레기통을 제자리에다 갖다 놓고, 막 숙소로 돌아가려던 참이었다. 둘 사이의 거리는 0.5미터 정도 되었다. 로카르 부인의 핏기 없는 허연 얼굴을 조나단은 그처럼 가까운 거리에서 본 적이 한 번도 없었다. 포동포동하게 살찐 양 볼의 피부는 오래되어서 하늘거리는 실크처럼 몹시 부드러워 보였고, 갈색 눈망울은 가까이에서 보니 얄궂은 호기심이 아니라 소녀처럼 수줍어하는 듯한 가냘픈 시선을 담고 있었다. 그렇지만 그런 색다른 느낌이 — 지금까지 그가 로카르 부인에 대해서 품어 왔던 인상과는 전혀 어울리지 않았지만 — 조나단의 마음을 흔들게 하지는 않았다. 그는 자신의 용무를 좀 더 공적인 것으로 보이게 하기 위해서 모자를 손가락으로 툭툭 친 다음 아주 무뚝뚝한 음성으로 말을 꺼냈다.

「부인! 할 말이 있습니다.」(그 순간에도 그는 도대체 무슨 이야기를 해야 할지 몰랐다.)

「무슨 일이죠, 노엘 씨?」

이렇게 말하더니 로카르 부인은 머리를 약간 움찔하다가

비스듬히 뒤로 젖혔다.

조나단은 그런 부인이 새처럼 보인다는 생각을 했다. 겁먹은 작은 새 같았다. 조나단은 자기가 했던 말을 냉담한 어조로 되풀이했다.

「부인, 한 가지 할 말이 있습니다……」

그런 다음 그는 여전히 타오르고 있는 분노를 잠재울 만한 행동을 하나도 하지 않았는데도 자기가 이렇게 말끝을 맺고 있는 것을 들으며 스스로도 놀라워했다.

「내 방 앞에 새가 한 마리 있어요, 부인.」

그러고는 좀 더 구체적인 이야기로 들어가는 것이었다.

「비둘깁니다. 내 방문 바로 앞 타일 위에 있어요.」

거기까지 말하고 나서야 그는 비로소 거의 무의식적으로 떠들고 있는 자신의 말에 갈피를 잡아야겠다는 생각으로 설명을 곁들였다.

「그 비둘기가요, 부인, 7층 복도를 오물로 온통 더럽혀 놨답니다.」

로카르 부인은 한쪽 발에 몸무게를 실었다가 다른 발에 옮겨 놓는 몸짓을 몇 번 하고는 머리를 더 삐딱하게 뒤로 젖히며 말했다.

「도대체 어디서 비둘기가 들어왔죠, 노엘 씨?」

「나도 모르겠습니다.」

조나단이 말을 이었다.

「아마 복도에 나 있는 창문을 통해서 들어온 게지요. 창문이 열려 있더라고요. 그 창문은 꼭 닫아 놔야만 합니다. 주택 관리 규정에도 그렇게 적혀 있어요.」

「학생들 가운데 누군가가 열어 놓은 모양이네요. 날씨가 더워서요.」

로카르 부인이 말했다.

「그랬는지도 모르죠.」

조나단이 말했다.

「하지만 그렇다고 하더라도 그건 항상 닫혀 있어야 하는 겁니다. 특히 여름에는 더하죠. 번개라도 치는 날엔 갑자기 꽝 하며 닫히다가 부서져 버린다고요. 1962년 여름에 그런 일이 한 번 일어났었습니다. 유리를 갈아 끼우는 데 그때 돈으로 1백 50프랑이나 들었어요. 그런 일이 있고 난 다음부터 주택 관리 규정에 그 창문을 닫아 두라고 적혀 있는 겁니다.」

그는 자꾸만 주택 관리 규정을 들먹이는 자기 자신이 우스워 보이리라는 생각이 들었다. 그리고 그 비둘기가 어떤 경로를 통해서 들어왔는지는 그가 굳이 알고 싶은 것도 아니었다. 사실 비둘기에 대해서 여러 가지 잡다한 이야기를 하기도 싫었다. 따지고 보면 그 끔찍스러운 사건이야 오직 그에게만 해당되는 일이기 때문이었다. 그는 다만 로카르 부인의 성가신 시선에 대해서 느낀 분풀이만 하고 싶었을 뿐, 다른 아무 이야기도 하고 싶지 않았는데, 그것은 그의 첫마디로 이미 표현된 것 같았다. 이제는 격분이 다 가셔 버렸다. 그는 이제 더 이상 어떻게 해야 할지 몰랐다.

「비둘기를 다시 내쫓고, 창문도 닫아 놓아야지요.」

로카르 부인은 이 세상에서 그처럼 쉬운 일이 없고, 그렇게만 하면 다시 모든 것이 제대로 된다는 듯한 표정으로 말했다. 조나단은 아무 말도 하지 않았다. 그는 로카르 부인의 갈색 눈동자 속으로 자신이 빠져드는 듯한 착각이 들었고, 그 갈색의 끈끈한 늪 속에 하마터면 빠져 죽어 버릴 것 같은 위기감이 느껴져서, 그곳을 빠져나오려고 잠시 두 눈을 감았다. 그러고는 목소리를 되찾아야 할 것 같아서 헛기침을 해댔다.

「에, 그러니까…….」

이렇게 말을 시작하고는 다시 헛기침을 했다.

「그러니까, 새똥이 아주 많다는 겁니다. 시푸르뎅뎅한 똥이요. 깃털도 있고요. 복도를 아주 엉망으로 만들어 놨다니까요. 그게 제일 큰 문젭니다.」

「그거야 그렇겠죠, 노엘 씨.」

로카르 부인이 말을 이었다.

「물론 복도도 깨끗하게 청소해야 하지요. 그렇지만 우선 먼저 누군가가 비둘기를 내쫓아야겠네요.」

「그렇습니다.」

조나단이 말을 이었다.

「그래요, 맞아요.」

이렇게 말하면서 그는 생각에 잠겼다. (무슨 꿍꿍이속이지? 도대체 뭘 바라고 있는 거야? 왜 하필이면 〈누군가가〉

비둘기를 내쫓아야 한다고 말했지? 혹시 〈날보고〉 비둘기를 내쫓으라는 거 아냐?) 그런 생각을 하면서 그는 차라리 자기가 로카르 부인에게 말을 걸지 않았으면 좋았을 것이라는 생각을 했다.

「네, 맞……습니다…….」

그가 말을 계속 더듬거렸다.

「누군가…… 누군가가 그걸 내쫓아야지요. 내가…… 진작에 그걸 몰아내고 싶기는 했지만, 그럴 시간이 없어서요. 바쁘거든요. 보시다시피 오늘 세탁소에 빨래를 맡겨야 하고, 그런 다음 직장으로 가야 하거든요. 몹시 바쁘지요, 부인. 그래서 그 비둘기를 몰아내지 못했습니다. 나는 단지 그런 일이 있다는 것만 부인한테 일러 줄 생각이었지요. 특히 그 똥들 때문에요. 비둘기 오물이 복도를 온통 더럽혀 놓은 것이 제일 큰 문제고, 또 그것은 주택 관리 규정에도 어긋나는 거니까요. 주택 관리 규정에 보면 복도나 층계나 화장실은 언제나 깨끗해야 한다고 적혀 있거든요.」

그는 자기가 이렇게 중구난방으로 말을 얼버무렸던 적이 언제였는지 기억해 낼 수 없었다. 거짓말이 그에게는 명백하게 드러나 보였고, 또 그것은 그가 감추고자 했던 유일한 진실이기도 했다. 그가 절대로, 결코 비둘기를 몰아낼 수 없으며, 그 반대로 오히려 비둘기가 오래전에 그를 내쫓았다는 것이 너무나도 극명하게 드러나고 있었다. 설령 로카르 부인이 그의 말에서 그것을 미처 눈치채지 못했다고 하더라도 그의 얼굴에서 그것을 읽어 낼 수 있으리라는 생각이 들었다. 갑자기 얼굴이 후끈 뜨거워지고, 피가 거꾸로 솟구치며, 양 볼이 수치심으로 빨갛게 달아오르고 있는 것을 느낄 수 있었기 때문이었다.

로카르 부인은 그렇지만 아무것도 모르는 것처럼 행동했다. (혹시 정말로 아무것도 눈치채지 못했는지도 모른다.)

「알려 주셔서 고마워요, 노엘 씨. 틈나는 대로 내가 처리할게요.」

로카르 부인은 그 말만 해놓고는 고개를 숙이더니, 신발을 질질 끌며 조나단의 주위를 빙 돌아서 숙소 옆에 붙어 있는 화장실로 쑥 들어가 모습을 감췄다.

조나단은 그쪽을 물끄러미 쳐다보았다. 누군가가 그를 비둘기로부터 구출해 줄 수 있을 거라는 한 가닥 희망마저, 화장실로 훌쩍 들어가 버린 로카르 부인의 무심한 뒷모습과 함께 사라져 버린 것을 느낄 수 있었다. 그 여자가 아무것도 처리하지 않으리라는 것을 그는 분명히 알았다. 〈아무것도 안 할 거야. 꼭 그 여자가 그 일을 해야 하는 것도 아니잖아? 그냥 집을 관리하는 사람일 뿐인데. 층계와 복도에 비질을 하고, 1주일에 한 번씩 공동변소를 청소하라는 책임은 있지만 비둘기를 내쫓을 의무는 없잖아? 아무리 늦어도 오후쯤엔 술을 마시고 모든 일을 까맣게 잊어버리고 말 거야. 지금 이 순간에 벌써 잊지 않았다면……〉

조나단은 지점장 대리인 빌망 씨와 출납계원 로크 부인이 출근하기 정확히 5분 전인 8시 15분 정각에 은행에 도착했다. 그들은 함께 은행 문을 열었다. 조나단은 겉에 있는 셔터를 올렸고, 로크 부인은 바깥쪽의 방탄 유리문을 열었으며, 빌망 씨는 안쪽의 방탄 유리문을 열었다. 그런 다음 조나단은 빌망 씨와 함께 열쇠로 비상경보기를 풀었고, 로크 부인과는 지하로 통하는 비상문의 이중 자물쇠를 열었다. 비상문 안으로 로크 부인과 빌망 씨가 함께 들어가서 서로 맞물려야 열리는 열쇠를 사용하여 금고 문을 여는 동안, 조나단은 가방과 우산과 겨울 외투를 화장실 옆에 있는 옷장에 집어넣고, 안쪽 방탄 유리문에 차려 자세로 서서, 안팎 유리문을 자동으로 교대로 열리게 하는 두 개의 전자식 버튼을 조작하여, 시간이 지나면서 차츰 도착하고 있는 직원들을 통과시켰다. 8시 45분에 전 직원이 다 출근해서 각자 자기가 맡은 자리인 객장이나, 수납계나, 사무실 책상에서 준비를 갖췄고, 조나단은 정문 바깥쪽 대리석 계단 위에 있는 초소로 가려고 은행을 나왔다. 그의 실제적인 업무가 이제 시작되는 셈이었다.

그의 업무라는 것은 30년 전부터 아침에는 9시에서부터 오후 1시까지, 오후에는 2시 30분부터 5시 30분까지 초소에 차려 자세를 하고 서 있거나, 맨 아래 계단으로 내려가서 절도 있는 걸음걸이로 왔다 갔다 하는 것이 전부였다. 그러다가 9시 30분경과 4시 30분부터 5시 30분 사이에 지점장 뢰델 씨의 검은색 승용차가 들어오거나 나가게 되면 보초를 잠시 중단하곤 했다. 그때는 대리석 계단 위의 초소를 벗어나 은행 건물에서 약 12미터 떨어져 있는 대문 쪽으로 달려가, 무거운 철제문을 열고, 손끝을 모자챙에 갖다 대는 예우로 인사를 깍듯이 한 다음, 승용차를 출입시켜야만 했다. 이른 아침이나 늦은 오후 시간에 〈브링크 현금 운반 서비스〉의 방탄차가 들어오거나 나갈 때도 마찬가지였다. 그 차가 도착해도 철제문을 열어 주고, 차에 타고 있는 사람들에게 인사를 해야 하기는 하지만, 그때는 손을 쫙 펴고 모자챙에 손끝을 갖다 대는 깍듯한 경례가 아니라, 검지로 모자 끝을 툭 치며 동료들끼리 나누는 가벼운 인사를 했다. 그것이 그가 하는 업무 내용의 전부였다. 그는 언제나 똑바로 선 채 앞쪽을 뚫어져라 쳐다보며 시간을 보냈다. 그러다가 때로는 발을 내려다보거나, 층계에 시선을 박거나, 길 건너편에 있는 카페 쪽을 쳐다보곤 했다. 그리고 가끔은 계단 제일 아래 칸으로 내려가서 일곱 발자국 왼쪽으로 걷다가, 다시 일곱 발자국 오른쪽으로 걸어가기도 했고, 아래에서 두 번째 계단으로 옮겨가 거기에 서 있기도 했고, 간혹 가다가 햇볕이 너무 뜨겁게 비칠 때 열기 때문에 모자의 땀받이 띠에 땀이 너무 많이 배면 은행 건물 차양의 그림자에 가리어져 있는 제일 위 계단으로 올라가기도 했다. 그러고는 그곳에서 모자를 잠깐 벗고, 소매 끝으로 땀에 젖은 이마를 훔쳐 내고는 다시 똑바로 서서, 시선을 고정한 채 시간이 흐르기를 기다렸다.

그는 자기가 정년퇴직까지 총 7만 5천 시간을 그 세 개의 대리석 계단 위에 서서 보내게 된다는 계산을 해본 일이 있었다. 그렇게 되면 파리 전체에서는 물론이거니와 — 프랑스 전체에서도 — 같은 장소에서 제일 많은 시간을 보낸 사람이 될 것이 분명했다. 어쩌면 5만 5천 시간을 이미 그곳에서 보냈으니 벌써 그런 사람이 되어 있을 수도 있었다. 경비원으로 정식 고용된 사람이 시 전체로 보아도 불과 몇 명밖에 되지 않으니 충분히 그럴 수 있었다. 대부분의 은행들은 경비 용역 회사의 회원으로 가입하여, 그곳에서 파견되어 나와 양쪽 다리를 쩍 벌리고 서서, 찌뿌듯하게 인상을 쓰는 시건방진 젊은이들을 문가에 세워 두다가, 몇 주일 혹은 몇 달도 채 못 되어 다시 그런 껄렁한 녀석으로 교체하기 일쑤였다. 소위 업무 수행상의 심리학적 이유에서 그렇게 한다는 거였다. 경비원이 같은 장소에서 너무 오래 근무를 계속하다 보면 주의력을 차츰 상실한다는 것이 그 까닭이었다. 주변에서 일어나는 사건에 둔감해진다는 말이었다. 그래서 점점 게을러지고, 타성에 젖게 되어 직책상 아무 쓸모도 없는 존재로 변하게 된다는 거였다…….

그가 보기에 그것은 다 쓸데없는 헛소리였다! 그런 일이라면 조나단이 그따위 이론보다 훨씬 더 많은 것을 알고 있었다. 경비원의 주의력은 불과 몇 시간만 지나면 다 상실되어 버린다는 것이 그의 생각이었다. 그 자신도 주변 환경과 은행을 오가는 수백 명의 인간들을 이미 근무 첫날부터 별로

의식하지 못했다. 은행털이도 일반 손님과 전혀 다를 바가 없어서 따로 각별한 신경을 쓸 필요가 없었다. 그리고 설령 강도를 발견하고 공격 자세를 취했다고 하더라도 — 강도는 은행 경비원과는 비교도 할 수 없을 정도로 동작이 대단히 민첩하기 때문에 — 경비원이 권총을 뽑아 안전장치를 풀기도 전에 총에 맞아 죽을 것이 너무나도 뻔했다.

마치 스핑크스와 같다는 생각을 했다. (소장하고 있는 책에서 스핑크스에 관한 것을 언젠가 한 번 읽어 보았기 때문이다.) 경비원이 스핑크스와 같다는 생각이었다. 뭔가 행동으로 자신의 존재를 알리지 않고, 그저 서 있음으로써 역할을 다하는 의미에서 그랬다. 그것만이 강도짓을 하려고 음모하는 사람을 막을 수 있는 유일한 도구였다. 〈반드시 나를 통과해야만 한다〉고 스핑크스가 도굴범에게 말할 것 같았다. 〈내가 너를 막을 수는 없지만, 넌 반드시 나를 통과해야만 한다. 네가 만약 그런 무엄한 짓을 한다면, 신과 파라오의 혼령이 네게 철퇴를 내리는 복수를 할 것이다!〉 반면 경비원은 이렇게 말해야 할 것 같았다. 〈반드시 나를 통과해야만 한다. 난 너를 막을 수는 없지만, 네가 만약 그런 짓을 한다면, 넌 나를 총으로 쏴야만 할 테고, 법정의 복수는 살인에 대한 유죄 선고로 네게 철퇴를 내릴 것이다!〉

물론 조나단은 스핑크스가 경비원보다 더 위협적인 구속력을 갖고 있다는 것쯤은 알고 있었다. 신이 복수할 것이라는 말을 경비원이 사용할 수는 없기 때문이다. 그리고 설령 도굴범이 경고에 개의치 않는 행동을 했다고 하더라도, 스핑크스에게는 아무런 위험도 생기지 않는다는 것도 그는 알고 있었다. 커다란 현무암 덩어리로 만들어져 있고, 금속으로 주조되어 있거나 단단하게 벽돌로 쌓여 있으므로 도굴범에게 강도를 당했다고 하더라도 아무 문제없이 5천 년은 더 버틸 수 있기 때문이다……. 그런 반면 경비원은 은행 강도를 당하는 날엔 불과 5초 만에 목숨을 잃을 수밖에 없는 처지였다. 그럼에도 조나단은 어떤 도구로 권위를 나타내지 않고 상징적 의미로 표출한다는 점에서 스핑크스와 경비원이 서로 일맥상통한다고 느꼈다. 그로 하여금 자부심과 긍지를 갖게 만드는 그런 상징적 권위에 대한 자각만이, 어떤 집중력이나 무기나 방탄유리보다도 더한 힘과 인내를 부여해 주었고, 그것만으로 조나단 노엘은 무려 30년도 넘는 시간을 은행 앞 대리석 계단 위에서 아무런 두려움도, 좌절감도, 추호의 불만도 없이 오늘 그 순간까지 찌뿌듯한 얼굴 한번 하지 않고 버틸 수 있었다.

그러나 오늘은 사정이 달랐다. 오늘만큼은 조나단도 스핑크스적 평화를 얻는 일이 결코 쉽지 않았다. 몇 분이 채 흐르기도 전에 발바닥에 몸무게가 다 쏠리는 듯 묵직한 압박감이 느껴졌고, 몸무게를 한쪽 발에 실었다가 다시 다른 발로 바꾸는 일을 반복하다가 약간 비틀거리는 바람에 이제껏 늘 무게 중심을 반듯하게 세워 왔던 자세를 잃지 않으려고 옆으로 잔걸음을 쳐야만 했다. 그리고 갑자기 허벅지뿐 아니라 옆구

리와 목덜미가 가려워지기 시작했다. 한참 지나고 나니 이번에는 겨울에 가끔 그랬던 것처럼 말라서 까칠까칠해진 듯이 이마가 몹시 근질거렸다. 그러나 실제 날씨는 몹시 더웠다. 9시 15분이었는데도 참기 어려울 만큼 후끈거렸고, 이마는 벌써 땀에 흠뻑 젖었다. 보통 때라면 11시 30분쯤이나 돼야 그렇게 되었을 텐데…… 팔, 가슴, 등허리, 다리 아랫부분, 살갗이 있는 곳이라면 어디나 마구 가려웠고 그냥 사정없이 박박 긁어 버리고 싶은 심정이었으나 차마 경비원으로서 공공장소에서 할 만한 일은 못 되었다. 그래서 그는 긴장을 풀기 위해 숨을 깊게 들이마셨다가 가슴 쪽으로 확 뿜어도 보고, 등을 굽혔다가 다시 펴기도 해보고, 어깨를 들었다 놓았다 해보면서 입고 있는 옷을 들썩거려 옷으로 몸을 문질렀다. 그렇게 이상한 몸짓으로 몸을 들썩거리는 동안 조금씩 게걸음을 치며 잡으려고 했던 무게 중심을 더 이상 유지하기가 힘들어졌다. 그래서 그는 뢰델 씨의 승용차가 들어오는 9시 30분까지는 한자리에 고정한 채 서서 경비를 보던 습관을 무시하고, 하는 수 없이 일곱 발자국 왼쪽으로 갔다가 다시 일곱 발자국 오른쪽으로 가며 앞뒤로 오가는 순찰 경비 자세로 바꾸었다. 그렇게 하면서도 그는 시선을 두 번째 계단의 가장자리에 붙들어 매고, 수레바퀴처럼 궤도 위의 일정한 구간을 왔다 갔다 함으로써, 계단 디딤돌의 모서리에 잡히는 단순하고 매번 똑같은 형상을 정확히 볼 수 있도록 하여, 몸이 무겁게 느껴지는 것과 살갗이 가려운 것과 육신과 정신이 엉망진창이 되어 버린 자신의 처지를 잊으려고 애썼고, 그것은 바로 그가 고대해 마지않는 스핑크스적 관용을 마음속에 불러들이려는 노력이었다. 그렇지만 아무것도 도움이 되지 않았다. 수레바퀴는 자꾸만 다시 궤도를 벗어났다. 눈을 깜짝거릴 때마다 그 괘씸한 모서리는 시야에서 사라졌고, 다른 것들만 눈에 들어왔다. 인도에 나뒹구는 찢긴 신문 조각이라든가, 파란색 양말을 신은 발이라든가, 여자들의 뒷모습이라든가, 빵을 사 넣은 시장바구니라든가, 바깥 방탄 유리문의 손잡이라든가, 길 건너 카페의 불이 번쩍거리는 빨간색 마름모꼴 담배 판매대라든가, 자전거라든가, 밀짚 모자라든가, 사람들의 얼굴이라든가……. 어떤 곳을 보더라도 그가 방향 감각을 잡을 수 있도록 시선을 고정할 수 있을 만한 마땅한 새로운 볼거리는 나타나지 않았다. 오른쪽에 보이는 밀짚모자에 눈의 초점을 맞추자마자 버스가 지나가며 그의 눈길을 왼쪽 길을 따라 내려가도록 만들었고, 그곳에서 몇 미터 아래에 있는 흰색 스포츠카를 바라보려고 하면 그것이 다시 길을 따라 오른쪽으로 그의 시선을 몰았으며, 그사이에 밀짚모자는 온데간데없이 사라져 버리곤 하였다. 지나가는 수많은 군중과 수많은 모자 사이에서 그것을 찾으려고 두리번거려 보다가 전혀 다른 모자에 매달려 있는 장미를 쳐다보게 되고, 그것에서 눈을 떼어 마침내 다시 계단의 디딤돌 모서리에 시선을 떨구어도 보았지만, 마음의 안정은 여전히 찾지 못하고, 쉴 새 없이 이 점에서 저 점으로, 이 얼룩에

서 저 얼룩으로, 이 선에서 저 선으로 마구 헤맬 뿐이었
다……. 오늘은 마치 가장 뜨거운 7월 오후에나 느껴 볼 수
있음 직한 더위로 대기가 아른거리는 것 같았다. 투명한 막
같은 것이 시야를 가렸다. 집과 지붕의 선과 용마루의 윤곽
들이 눈이 부시도록 날카롭게 잡혀 오면서도, 동시에 끄트머
리가 풀어 헤쳐진 것처럼 희끄무레하게 보이기도 했다. 하수
구 뚜껑 가장자리와 마름모꼴의 보도블록 사이의 홈이 ―
전에는 자로 그은 듯 반듯해 보였는데 ― 번득거리며 곡선
으로 너울거렸다. 그리고 오늘따라 여자들은 모두들 눈에 확
띄는 진한 색깔의 옷을 입고 있는 듯 열기를 내뿜으며 지나
갔고, 그것은 그의 시선을 끌어 모았다가도, 오랫동안 보고
있을 만큼 그의 눈길을 꼭 붙들어 놓지도 않았다. 윤곽이 확
실하게 드러나는 것이라곤 아무것도 없었다. 또렷하게 주시
할 수 있는 것도 없었다. 모든 것이 흔들거렸다.

시력 때문일 거라고 조나단은 생각했다. 밤사이에 근시안
이 되어 버린 모양이었다. 안경이 필요할 것 같았다. 아주 어
렸을 때 안경을 써본 적이 있었다. 도수가 아주 높았던 것은
아니고, 좌우가 마이너스 0.75디옵터였다. 이제 이렇게 나이
가 많이 든 마당에 시력이 다시 근시안이 되었다는 것이 이
상했다. 나이가 들면 근시안 증상은 사라지고, 오히려 원시
안이 된다는 것을 읽었던 기억이 났다. 어쩌면 그에게 지금
나타나는 증상은 전형적인 근시가 아니라서 안경으로도 고
칠 수 없는 것인지도 모른다는 생각이 들었다. 백내장이라든

가, 녹내장이라든가, 망막 박리라든가, 눈 암이라든가, 뇌에
종양이 있어서 시신경을 자극한다든가…….

그런 몹쓸 사념에 너무나 몰두해 있던 나머지, 자동차의
경적이 여러 번 울렸는데도 전혀 듣지 못했다. 겨우 네댓 번
째가 되어서야 — 경음기가 한참 울고 있을 때 — 비로소 그
것을 듣고, 그에 따른 반응으로 고개를 들었다. 뢰델 씨의 승
용차가 어느새 문 앞에 서 있는 것이 아닌가! 다시 한번 경적
이 울렸고, 한참 동안이나 기다렸다는 듯이 손을 흔들어 대
는 것이 보였다. 정문 앞에 뢰델 씨의 차가 멈춰 서 있다니!
그 차가 안으로 들어오려는 순간을 놓쳤던 적은 아직까지 한
번도 없었다. 평상시 그는 그쪽을 쳐다볼 필요도 없었고, 자
동차의 엔진 소리를 알고 있었기 때문에, 그것이 오고 있음
을 직감으로 느낄 수 있었다. 잠자다가도 뢰델 씨의 승용차
가 다가오면 개처럼 벌떡 일어날 지경이었다.

뛰었다기보다는, 너무나 서두르다가 넘어질 뻔하면서, 정
신없이 돌진하여 철제문을 따고, 옆으로 민 다음, 경례를 한
채 자동차를 통과시켰다. 가슴이 마구 방망이질을 쳐댔고,
모자챙에 붙인 손은 부들부들 떨고 있었다.

대문을 닫고 다시 현관문 쪽으로 되돌아왔을 때, 그의 몸
은 땀에 흠뻑 젖어 있었다. 「뢰델 씨의 차가 오는 것을 보지
못했어.」그는 믿을 수 없다는 듯이 괴로움으로 덜덜 떨리는
음성으로 혼잣말로 그렇게 중얼거렸다.

「뢰델 씨의 차가 오는 것을 보지 못했어……. 못 본 거야.

끝장난 거야. 의무를 내팽개친 거야. 넌 눈만 먼 것이 아니야. 귀도 먹었어. 넌 이제 형편없이 늙어 버렸어. 더 이상 경비원 노릇도 할 수가 없어.」

　그는 대리석 제일 아래 계단이 있는 곳까지 가서 간신히 올라선 후, 다시 자세를 잡아 보려고 했다. 그러나 자신이 그렇게 할 수 없음을 곧 감지할 수 있었다. 어깨를 반듯하게 추스르지 못했고, 팔은 바지 봉제선 근처에서 흔들거렸다. 그런 자기 자신의 몰골이 우스꽝스러우리라는 생각이 들기는 하였지만 어쩔 수가 없었다. 하염없는 시름에 빠진 채, 그는 사람들이 다니는 길과 차들이 지나가는 도로와 길 건너 카페를 쳐다보았다. 눈앞이 아른거리던 현상은 이제 나타나지 않았다. 눈에 보이는 것들이 다시 반듯하게 일직선을 이뤘고, 세상은 또렷하게 보였다. 자동차 소리, 버스 문에서 나는 쉬익 소리, 카페 웨이터의 소리, 여자들의 구두 굽 소리가 이제 다 들렸다. 시력이나 청력 그 어떤 것도 전혀 손상되지 않은 모양이었다. 그러나 이마에 맺힌 땀방울은 비 오듯 쏟아져 내렸다. 그는 기력이 없었다. 몸을 돌려 둘째와 셋째 계단을 오른 다음 바깥 방탄 유리문 곁의 기둥 앞 그늘에 바짝 붙어 섰다. 그는 뒷짐을 지고, 기둥에 손을 갖다 댔다. 그런 다음 30년간의 직장 생활 중 처음으로 손과 기둥에 몸을 의지하고 슬그머니 등을 기댔다. 잠깐 눈을 감았다. 자신이 너무나도 부끄러웠다.

점심시간에 그는 가방과 외투와 우산을 옷장에서 갖고 나와 가까운 생플라시드 거리로 가서 주로 학생들과 외국인 노동자들이 묵는 작은 호텔로 갔다. 제일 값이 싼 방을 요구했고, 하룻밤에 55프랑이라는 방을 미리 보지도 않고 돈을 지불한 다음 짐을 프런트에 맡겼다. 가두 판매대에서 건포도가든 달팽이 모양의 빵과 우유를 사서 봉마르셰 백화점 앞의 작은 광장에 있는 부시코 공원으로 갔다. 그는 그늘에 있는 벤치에 앉아 점심을 먹었다.

그의 벤치로부터 두 번째 떨어진 벤치에 거지가 한 명 앉아 있었다. 거지는 백포도주병을 허벅지 사이에 끼운 채 바게트 반쪽을 들고 있었으며, 그의 바로 옆에는 훈제 정어리 봉지가 있었다. 거지는 한 마리씩 꼬리를 붙들고 정어리를 꺼내, 입으로 머리를 싹둑 잘라 뱉어 내고는 나머지를 한입에 다 처넣었다. 그런 다음 바게트를 한 입 베어 먹고, 술병을 들어 크게 한 모금 마시더니 대단히 만족스러운 트림을 했다. 조나단은 그가 누구인지 알고 있었다. 겨울이면 그는 언제나 백화점의 창고로 통하는 길목이나, 백화점의 지하 보일러실 위쪽 창살에 앉아 있곤 했다. 여름에는 세브르가의 상점들 앞이나, 외국인 선교단 건물 앞이나, 우체국 옆에 앉아 있곤 했다. 그 근방에서 그도 조나단처럼 수십 년 전부터 오랫동안 살고 있었다. 조나단은 30년 전 그를 처음 보았을 때 분노에 찬 질투심을 느꼈던 기억이 났다. 그런 종류의 사람들이 사는 인생살이의 태평스러움에 대한 노여운 질투심이었다. 날이면 날마다 조나단은 9시 정각에 근무를 시작해야 했지만, 그 거지는 10시나 11시에 모습을 나타내곤 했었다. 조나단이 빳빳한 자세로 서 있어야 하는 반면, 그는 골판지 가장자리에 방자하게 앉아서 담배를 피워 물곤 했었다. 조나단이 날이 가고, 달이 가고, 해가 가도록 목숨까지 바치면서 은행을 지킴으로써 생활비를 피땀 흘려 벌어들인 반면, 그 작자는 뭇사람들의 동정심과 적선에 빌붙어서, 그들이 모자에 던져 주는 동전을 거둬들이는 것 말고는 다른 아무 짓도 하지 않고 살았다. 그래도 거지는 한 번도 골치 아픈 표정을 짓는 일이 없었고, 모자가 텅 비어 있어도 마찬가지였으며, 무슨 고통을 받고 있다든지, 두려워한다든지, 지겨워하는 구석도 전혀 보이지 않았었다. 언제나 그에게서는 자신만만함과 자기만족이 솟구쳐 올랐고, 그것은 자유로움의 전형적 모습으로 버젓이 나타나 남들의 눈길을 빼앗곤 하였다.

옛날에 딱 한 번, 1960년대 중반의 어느 가을날에 조나단이 뒤팽가에 있는 우체국을 막 들어가려고 하다가 골판지 가장자리에 비닐봉지와 동전을 몇 개 받아 놓은 그 유명한 모자 옆에 세워 둔 술병을 하마터면 넘어뜨릴 뻔한 일이 있었다. 그때 그는 자기도 모르게 잠시 거지를 찾아보았다. 그자가 보고 싶어서 그랬던 것이 아니라, 술병과 비닐봉지와 골판지가 있는 자리의 중앙에 그가 빠지고 없었기 때문이었다……. 그런 그의 눈에 길 건너편 주차된 차들 사이에 쭈그리고 앉아 있는 거지가 보였고, 급한 용변을 보고 있는 그의 모습이 눈에 들어왔다. 거지는 바지를 무릎까지 끌어 내린 채 하수구 옆에 쪼그리고 앉아 있었다. 조나단 쪽을 향하고 있던 엉덩이는 완전히 노출된 상태였고, 사람들이 지나다니고 있었기 때문에 누구나 그의 모습을 볼 수 있었다. 밀가루처럼 허연 엉덩이에는 푸르스름한 반점이 있었고, 불그스레한 부스럼 자국이 나 있었다. 그것은 마치 몸져누워 지내는 노인네의 궁둥이처럼 보였다. 그러나 사실 그때 거지의 나이는 조나단의 나이보다 많지도 않았고, 서른이나 기껏해야 서른다섯밖에 안 됐었다. 어쨌든 그런 지저분한 엉덩이에서 갈색 죽 같은 물이 엄청나게 빠른 속도로 많이 쏟아져 나오더니, 이내 커다란 웅덩이를 만들면서 신발 주위에서 물결쳤고, 밑으로 힘차게 떨어지던 파편들은 양말과 종아리와 바지와 셔츠 그리고 모든 것을 더럽히며 사방으로 튀고 있었다.

너무 비참하고, 메스껍고, 소름 끼치도록 무서웠기 때문에 조나단은 아직도 그때를 생각하면 몸서리가 쳐졌다. 그런 흉물스러운 모습을 보고 난 다음 그는 우체국 안으로 도망치듯 들어가 전기 요금을 냈고, 필요하지도 않으면서 우체국에서 시간을 더 보내려는 생각에 우표도 샀다. 그렇게라도 해서 그는 우체국을 나설 때 거지의 모습과 맞닥뜨리지 않게 되기를 간절히 바랐다. 막상 밖으로 나올 때는 눈을 질끈 감았다가 땅바닥만 쳐다보았고, 어떻게 해서든지 길 건너편을 보지 않으려고 뒤팽가 위쪽으로 고개를 돌렸었다. 그리고 뭐 잃어버린 것도 없으면서 술병과 골판지와 모자가 있는 쪽으로 가지 않으려고 굳이 길을 그대로 따라가 셰르슈미디 거리와 라스파유가를 빙 도는 우회로를 선택했었고, 마침내 플랑슈에 있던 그의 안전한 도피처인 방으로 갔었다.

그 일이 있고 난 이후부터 조나단이 거지에 대해 느끼는 감정에는 부러움이 흔적도 없이 사라졌다. 물론 문이나 가끔씩 열어 주거나, 지점장의 차를 향해 경례를 하는 등 매일 똑같은 일을 반복하고, 휴가도 조금 받고, 월급도 쥐꼬리만큼 받으면서도, 월급의 대부분은 세금이니, 임대료니, 사회 보장 보험 분담금 등으로 흔적도 없이 뺏기며 인생의 3분의 1을 은행 앞에 서서 허송하는 일로 지내는 노릇이 도대체 의미가 있는 일인지에 대한 회의를 종종 품기도 했었다……. 그런 따위들이 의미가 있는 것인지에 대한 대답은 뒤팽가에서 보았던 끔찍스러운 모습으로 그에게만큼은 확실하게 쥐어졌다. 분명히 의미 있는 일이었다. 그런 노릇이라도 하고 있었기 때문에 적어도 공공장소에서 자기의 엉덩이를 노출시키지 않아도 되고, 그렇게 용변을 보지 않아도 되는 것만 놓고 보아도 충분히 의미가 있는 일로 생각되었던 것이다. 남들이 다 지켜보는 자리에서 엉덩이를 까고 용변을 볼 수밖에 없는 사정보다 더 비참한 일이 그의 생각으로는 이 세상에 아무것도 없었다. 밑으로 끌어 내린 바지춤과 쭈그리고 앉아 있는 자세와 어쩔 수 없이 망측하게 벗고 있는 것보다 더 굴욕적인 것은 이 세상에 정말 아무것도 없었다. 부득이하게 세상 사람들의 이목이 있는 자리에서 용변을 볼 수밖에 없는 처지보다 더 절망적이고 수치스러운 건 있을 수 없었다. 부득이하게 보는 용변! 그 말 자체가 이미 모든 괴로움을 다 말해 주고 있었다. 모든 일이 다 그렇듯이 도저히 참을 수 없는 사정으로 볼일을 봐야만 할 때는 다른 사람이 전혀 없다는 전제 조건이 있어야만 그 일을 대충 할 수 있는 거였다……. 아니면 적어도 다른 사람들이 없을 것이라는 가정만이라도 필요한 법이었다. 이를테면 시골에서는 숲으로 들어간다거나, 들판에서 그런 입장이 되면 풀숲으로라도 간다거나, 아니면 적어도 밭고랑을 찾아가거나, 혹은 어스름한 저녁 어둠이 들 때까지 기다리거나, 정 그것도 아니면 사방 1킬로미터 내에서는 남의 눈에 잘 띄지 않는 제방으로라도 찾아가야만 하는 것이 마땅했다. 그렇다면 도시에서는 어떻게 해야 하는가? 수많은 사람이 오고 가는 도시에서는 어떻게 해야 하는가? 한 번도 제대로 어두워지지 않는 도시에서는 어떻게 해야 하는가? 혹시 후미진 곳을 발견했다고 하더라도 호기심 어린 남의 이목으로부터 결코 자유롭지 않은 곳에서는 어떻게 하느냐 말이다. 도시에서는 인간들의 시선을 피하려면 빗장과 열쇠로 잠금장치가 잘 되어 있으며, 칸막이가 된 공간을 사용하는 것 말고는 다른 방법이 없었다. 급한 용변을 보기에 최고로 안전한 그런 장소를 갖고 있지 않은 사람은 아무 데서나 자유를 즐기지만 사실은 제일 불쌍하고 애처로운 사람이란 생각이 들었다. 돈을 얼마 들이지 않고서도 조나단은 그것을 해결할 수 있었다. 그는 누더기 같은 바지와 남루한 점퍼를 입고 있는 자신의 모습을 상상해 볼 수는 있었다. 소설 같은 상상력을 다 동원한다면 골판지 구석에서 새우잠을 잔다든지, 자기 자신만의 공간이 되어야 할 가정을 어느 구석진 곳이나 보일러실 곁이나 지하철역의 계단 밑에서 간신히 꾸린다고 하더라도 그나마 다행스러울 수도 있을 것 같았다. 그러나 용변을 보고 싶을 때 문 뒤로 슬쩍 사라질 곳이 이렇게 큰 도시에 없었다. 비록 복도의 공동변소라고 할지라도……. 개인적인 용무 때문에 다른 사람들로부터 벗어날 수 있는 그런 중요한 자유를 잃어버린다면 다른 모든 자유가 다 쓸모없는 것이라는 생각이 들었다. 그가 보기에 그런 인생은 더 이상 의미가 없는 것이었다. 차라리 죽는 것이 나았다.

인간적인 자유가 적어도 복도의 공동변소를 사용할 수 있는 것에서부터 비롯된다는 것과 그런 필요 불가결한 자유를 자기가 누리고 있다는 것을 깨닫는 순간 그는 마음속 깊이 만족감을 느꼈다. 자기의 인생을 그렇게 이끌어 올 수 있었던 것이 생각할수록 천만다행이었다! 그것은 어떤 면으로 보나 참으로 행복한 삶이었다. 비록 가진 것은 없지만 다른 사람을 부러워하거나 후회할 이유도 전혀 없었다.

그 순간 이후부터 그는 은행 문 앞에서 다리에 힘을 더 꽉 주고 서 있게 되었다. 그런 그의 모습이 마치 금속으로 주조된 동상 같아 보이기도 하였다. 그때까지 거지의 마음속에 있으리라고 짐작해 왔던 자신만만함과 긍지가 어느새 쇳물처럼 녹아서 그의 몸속으로 들어와 그의 내부에 철판을 만들어 놓은 것 같았고, 또 그것은 그를 그만큼 강하게 만들었다. 앞으로는 세상의 어느 것도 그를 흔들리게 할 수 없으며, 그로 하여금 회의를 품게도 할 수 없을 것 같았다. 그야말로 스핑크스적 평온함을 되찾은 거였다. 거지를 보면 — 어쩌다가 그와 맞부딪치거나 아무 데서나 앉아 있는 그를 보면 — 전체적으로 일컬어서 관용이라고 이름 붙일 수 있는 감정, 구역질과 경멸과 애처로움이 뒤범벅된 미온적인 감정의 혼합체를 느낄 뿐이었다. 거지가 더 이상 그를 노엽게 하지도 않았다. 조나단은 이제 그에게 관심이 없었다.

오늘 부시코 공원에 앉아 건포도가 든 달팽이 모양의 빵을 뜯어 먹고, 우유를 팩째 들고 마시기 전까지만 해도 거지는 그에게 전혀 상관없는 인물이었다. 평상시에 그는 점심시간이면 집으로 갔다. 불과 5분만 가면 집에 도착했다. 대개 오믈렛, 햄을 섞은 달걀 프라이, 치즈 가루를 뿌린 국수, 또는 전날 남아 있던 수프를 데우는 등 따뜻한 음식을 직접 만들었고, 거기에 샐러드를 곁들였으며, 커피도 한 잔씩 했다. 점심시간에 공원 벤치에 앉아 빵과 우유를 먹는 일은 참으로 굉장히 오랜만의 일이었다. 사실 그는 단것을 별로 좋아하지 않았다. 우유도 마찬가지였다. 그렇지만 오늘은 이미 방값으로 55프랑이나 지출해 버린 입장이었다. 그러니 식당으로 가서 오믈렛과 샐러드와 맥주를 시킨다는 것은 대단한 낭비 같았다.

건너편 벤치에 있는 거지는 식사를 다 마친 모양이었다. 정어리를 다 먹어 치운 다음 빵과 치즈와 배와 과자도 먹었고, 포도주를 크게 한 모금 들이켜고는 속까지 시원할 것 같은 트림을 토해 냈다. 그러고는 점퍼를 돌돌 말아 베개를 만들어 그 위에 머리를 얹더니 배부르고 게으른 육신을 벤치의 길이만큼 쭉 뻗고 오수를 즐길 자세를 취했다. 그는 이내 잠이 들었다. 참새들이 팔딱거리며 다가와 빵 부스러기들을 쪼아 먹으며 뒤뚱거렸다. 참새들을 따라온 비둘기 몇 마리도 그의 벤치 주위로 가서 뱉어 낸 정어리의 머리를 까만 주둥이로 연방 쪼아 댔다. 새들이 그렇다 해도 거지는 꿈쩍 안 했다. 깊게 그리고 아주 평안하게 잠을 잘 뿐이었다.

조나단은 그를 물끄러미 쳐다보았다. 그렇게 그를 쳐다보는 가슴에 이상한 불안감 같은 것이 생겨났다. 그 불안감은 과거에 느꼈던 그런 부러움이 아니라 경이감에서 비롯된 것이었다. 어떻게 저 사람이 나이 오십이 넘도록 살 수 있었는지가 의문스러웠다. 그렇게 엉망진창으로 살아오다가 굶어 죽든가, 얼어 죽든가, 간 경화증에 시달리다가 목숨을 잃든가, 어쨌든 이미 옛날에 죽었어야 마땅했다. 그 대신 버젓이 살면서 대단한 식성으로 먹고, 마시고, 당당히 잠자고, 비록 헝겊을 대고 기운 바지지만 옷도 입고 있었다. 물론 지금 그가 입고 있는 바지는 옛날 뒤팽가에서 밑으로 끌어 내리고 있던 것은 아니었지만, 이곳저곳 수선을 하기는 하였어도 그런대로 맵시가 있고 거의 유행에도 맞는 코르덴 바지였다.

거기에다가 그의 면 점퍼를 함께 놓고 보면 세상에 썩 잘 어울리고, 인생을 즐길 줄 아는 어떤 확고한 인상을 주는 사람처럼 보이기까지 했다…… . 그것에 비하면 조나단은 ─ 그의 경이감은 차츰 머리를 어지럽히는 신경질로 변해 갔다 ─평생토록 착실했고, 단정했고, 욕심도 안 냈고, 거의 금욕주의자에 가까웠고, 깨끗했고, 언제나 시간을 잘 지켰고, 복종했고, 신뢰를 쌓았고, 예의도 잘 지키며 살아왔건만…… 그리고 단 한 푼이라도 스스로 일해서 벌었고, 전기세나 임대료나 관리인에게 주는 성탄절 보너스도 언제나 제때 꼬박꼬박 현금으로 지불했으며, 빚이라고는 진 적이 없고, 남에게 폐를 끼친 일도 없고, 병에 걸렸던 적도 없고, 사회 보장기관에 신세를 진 적도 없고…… . 언제 그 누구에게라도 마음을 아프게 하지 않았고, 일생 동안 마음이 평안한 작은 공간을 갖는 것 말고는 절대로, 결코 더 이상의 것을 바라지 않았건만…… . 쉰셋 되는 해에 어쩌다 큰 위기를 겪게 되어, 주도면밀하게 세워 두었던 인생의 계획을 몽땅 수포로 돌려 버리고, 정신을 못 차릴 지경이 되었으며, 당혹스러움과 두려움으로 기껏 건포도가 든 달팽이 모양의 빵 따위나 뜯어 먹고 있는 것이었다. 그것은 분명히 두려움이었다! 잠들어 있는 거지를 보고 있던 그의 몸이 두려움으로 부들부들 떨렸다. 자기도 벤치에 누워 있는 저 폐인처럼 되어 버리는 것이 아닐까 하는 엄청난 두려움에 휩싸였다. 빈털터리가 되고, 저런 밑바닥 인생이 되기까지 얼마나 많은 시간이 필요할지에 대한 의문도 생겼다. 자신의 존재를 둘러싼 확실해 보이는 것들이 완전히 부서지는 데 과연 얼마나 많은 시간이 걸릴지가 궁금해졌다. 〈뢰델 씨의 승용차가 오는 것을 못 봤지.〉 그 생각이 다시 떠올랐다. 〈아직까지 한 번도 일어나지 않았던 일이, 절대로 일어나서는 안 될 일이 오늘 일어났어. 승용차를 못 본 거야. 오늘은 자동차에 주의를 기울이지 못했으니, 내일은 근무 중 다른 것들도 다 망각하게 되겠지. 철제문을 여는 열쇠를 잃어버린다거나 해서 넌 다음 달에 문책성 해고를 당하고 말 거야. 그러면 한번 실패한 사람에게 일자리를 주는 사람은 없을 테니 새 직장도 못 구할 거야. 실업수당으로는 입에 풀칠도 못할 테고, 네 방은 그때쯤이면 비둘기가 한 가족을 이루고 살면서 더럽히고 엉망진창을 만들어 놓을 테니 넌 그 방을 뺏겨 버리고 말겠지. 호텔 숙박료는 기하학적인 숫자로 불어날 테고, 넌 걱정 때문에 술을 마시고, 점점 더 많이 마시게 되고, 저금한 돈까지 다 술로 탕진하고, 술독에서 헤어나지 못하고, 병에 걸리고, 방탕해지고, 온몸에 이가 들끓고, 타락하고, 돈이 한 푼도 없어서 마침내는 제일 값싼 여관에서도 내쫓김을 당하는 신세가 되겠지. 그러면 넌 길로 나앉게 되어 빈털터리가 되고, 거리에서 잠도 자고, 똥도 싸면서 완전히 끝장을 보게 될 거야. 조나단, 넌 올해 말이 되기도 전에 다 떨어진 누더기를 걸치고 공원 벤치에 누워 있게 될 거야. 저기 저자처럼 말이야. 그러면 저 폐인이 된 자가 너의 형뻘이 되는 거야!〉

입이 바짝바짝 말랐다. 그는 잠자는 남자의 〈메네테켈〉[1]에서 시선을 돌리고, 마지막 남은 달팽이 빵 조각을 한입에 꿀꺽 삼켰다. 그 작은 조각이 위까지 내려가는 데는 한참이나 걸렸다. 달팽이가 기는 것처럼 천천히 식도를 따라 내려가다가, 어떤 때는 그냥 멈춰 있는 것 같기도 하였고, 마치 가슴팍에 못이라도 박힌 것처럼 압박감에 통증이 몰렸다. 그 고약스러운 것 때문에 질식해 버릴 것 같기도 하였다. 그러다가 그것이 다시 조금씩 움직이더니 마침내 밑으로 떨어지는 것이 느껴졌고, 그와 함께 격심한 통증도 사라졌다. 조나단은 숨을 깊게 들이마셨다. 그러고는 이제 그만 가야겠다는 생각을 했다. 점심시간이 끝나려면 아직 30분이나 남아 있지만 더 이상 그곳에 머물러 있고 싶지 않았다. 그 정도면 충분했다. 그곳이 지긋지긋하게 느껴졌다. 각별히 주의를 했는데도 불구하고 바지 무릎 부분에 떨어져 있던 빵 부스러기들을 손등으로 털어 내고, 바지 주름도 다시 잡은 다음, 자리에서 일어서서 거지가 있는 쪽으로는 눈도 돌리지 않고 갔다.

세브르가까지 다 갔는데 공원 벤치에 빈 우유 팩을 두고 왔다는 생각이 머리에 갑자기 떠올랐다. 그는 다른 사람들이 벤치에 쓰레기를 그대로 두고 간다거나, 쓰레기를 따로 모아 놓도록 어디에나 설치해 둔 쓰레기통에 버리지 않고, 그냥 길바닥에 버리는 것을 혐오하기 때문에 그것이 못내 마음에

---

1 Menetekel. 성경에서 재앙의 징후(징조)를 의미한다. 바빌론의 몰락을 천사가 경고한 고사(故事)에서 나왔다 — 옮긴이주.

걸렸다. 그는 이제껏 쓰레기를 아무 데나 버리거나, 공원 벤치 등에 두고 그대로 온 적이 한 번도 없었으며, 게으르거나 망각 때문에라도 그런 짓을 해본 적이 없었다. 그런 시시한 일은 그에게 절대로 일어나지 않았다……. 그렇기 때문에 그는 하필이면 많은 일이 잘되지 않고 불안한, 바로 오늘 같은 날에 그런 일을 저지르고 싶지는 않았다. 어차피 일은 꼬였고, 이미 바보 같은 행동도 저질렀고, 자기 일에 책임질 능력이 없는 사람처럼 행동도 했고, 또 그런 자기 자신을 비사회적 인간에 가깝다고 느끼기까지 하는 처지였다. 뢰델 씨의 자동차를 보지 못했다든가 점심으로 공원 벤치에 앉아서 달팽이 모양의 빵이나 먹는다든가 하는 따위들이 바로 그런 짓들이었다! 만약 지금 조심하지 않는다면, 우유 팩을 그냥 놓고 오는 등의 아주 사소해 보이는 일을 정신을 똑바로 차리고 제대로 처리하지 않는다면, 즉시 균형을 잃어버리고 처참하게 종말을 맞게 되는 처지를 어떤 것으로라도 막을 수 없을 것만 같았다.

그는 결국 방향을 바꿔 공원 쪽으로 향했다. 멀리에서도 그가 앉아 있었던 벤치가 비어 있는 것을 볼 수 있었고, 가까이 다가갔을 때 암녹색으로 칠해져 있는 벤치 등받이의 널빤지 사이로 하얀색 우유 팩이 있는 것을 보았다. 여간 다행스럽지가 않았다. 그의 무심함이 아직 어느 누구의 눈에도 띄지 않았다는 의미가 되므로, 이제 그 고약스러운 실수를 감쪽같이 없애 버리면 될 것 같았다. 그가 벤치의 뒤로 다가가

서 허리를 잔뜩 굽히며 왼손으로 우유 팩을 잡고, 대충 거기쯤에 가까운 쓰레기통이 있을 거란 생각으로 몸을 오른쪽으로 획 돌리는 순간 아래쪽에서 뭔가 갑자기 바지를 세차게 잡아당기는 것 같은 느낌을 받기는 하였지만, 워낙에 급작스럽게 벌어진 일이고, 이미 그 반대 방향으로 몸을 똑바로 세우려는 동작 중에 일어난 일이라서 그로서도 도저히 어떻게 해볼 수가 없는 노릇이었다. 크게 〈찍〉 하는 아주 듣기 거북한 소리가 들렸고, 바깥에서부터 불어온 바람이란 것을 쉽게 짐작할 수 있는 한 줄기 바람이 왼쪽 넓적다리 살갗 위로 서늘하게 닿았다. 잠깐 동안 그는 너무나 기겁을 한 나머지 차마 그쪽을 내려다보지도 못했다. 〈찍〉 하는 소리가 아직도 그의 귓전을 울리는 것 같았고, 그 소리는 굉장히 크게 들렸기 때문에 단순히 바지만 찢긴 것이 아니라, 지진으로 땅이 갈라진 것처럼 그의 속살이 찢겼거나, 벤치가 부서졌거나, 공원이 쫙 갈라져서 주변의 모든 사람이 그 끔찍스러운 〈찍〉 소리를 듣고, 그 소리를 나게 만든 장본인인 조나단을 험상궂은 얼굴로 쳐다보고 있을 것만 같았다. 하지만 그를 보는 사람은 아무도 없었다. 할머니들은 뜨개질을 계속하였고, 할아버지들은 신문을 계속 읽었으며, 몇 명 안 되는 아이들은 여전히 놀이터에서 미끄럼틀을 타며 놀았고, 거지는 잠자고 있었다. 조나단은 아주 천천히 아래쪽을 쳐다보았다. 찢긴 길이가 약 12센티미터쯤 되어 보였다. 그것은 벤치에 뾰쪽하게 나와 있는 나사에 몸을 돌리면서 걸렸을 왼쪽 바지 주머니 끝에서 시작하여 넓적다리를 죽 타고 내려가 있었다. 그것도 바느질 선을 그대로 따라간 것이 아니라 멋진 개버딘 근무복의 한복판을 가로지르다가, 바지 주름 쪽을 향해 엄지 손가락 두 개 정도는 들어갈 수 있을 만한 넓이로 직각을 이 루며 찢어져 있었다. 그래서 그냥 단순히 옷감이 찢긴 것이 아니라 삼각형의 깃발처럼 펄럭거려 도저히 간과할 수 없는 구멍을 만들어 놓고 있었다.

조나단은 — 언젠가 읽은 적이 있는 — 아드레날린이라는 흥분제가 부신 수질로부터 분비되어, 육신의 극히 위험한 위 기와 정신적인 압박감이 닥쳤을 때 생과 사를 가름하는 결투 나 도피용으로 저장해 두던 몸속의 마지막 저력을 움직이게 하기 위해서 핏속으로 몰려드는 것을 느낄 수가 있었다. 이 상한 착각이 들었다. 바지만 찢긴 것이 아니라 속살이 12센 티미터나 상처를 입어서 그곳에서 피가 철철 흘러넘치는 것 같았고, 지금껏 내부적으로 다져 놓은 순환의 틀 속에 잘 굴 러갔던 인생이 그 상처 때문에 끝을 보게 되어 미처 손볼 겨 를도 없이 마감되는 듯하였다. 그러나 그 아드레날린이라는 것이 피를 흘리고 있다고 생각하는 그를 기적적으로 소생시 켰다. 심장은 힘차게 뛰었고, 용기는 치솟았으며, 머리는 아 주 맑아져서 오직 한 가지 것에만 신경을 집중할 수 있게 되 었다. 〈즉시 뭔가 행동으로 옮겨야 한다!〉 그렇게 그는 자신 에게 소리치고 있었다. 〈이 구멍을 막을 수 있도록 지금 즉시 뭔가 실행에 옮기지 않는다면, 너는 파멸하고 만다!〉 과연 어떤 행동을 해야 할지에 대해 자문하는 그에게 해답도 금세 주어졌다. 환상의 물질 아드레날린은 그렇게 빨리 효과를 냈고, 두려움 대신 총명함과 실행에 옮길 수 있는 힘으로 활기를 띠게 되었다. 단숨에 그는 그때까지 왼손에 들고 있던 우유 팩을 콱 구겨서 잔디밭이든 모랫길이든 상관도 안 하고 아무 곳으로나 휙 집어 던졌다. 이제 아무것도 잡고 있지 않은 왼손으로 넓적다리에 난 구멍을 가리고 정신없이 뛰기 시작했다. 뛰면서 손이 미끄러지지 않도록 왼발은 가능한 뻣뻣하게 하였고, 오른손은 마구 휘저으면서 다리를 저는 사람처럼 절뚝거리며 공원을 빠져나와 세브르가로 갔다. 이제 시간은 30분도 채 남지 않았다.

바크가 모퉁이에 있는 봉마르셰 백화점 식료품부의 한구석에는 여자 재단사가 한 명 있었다. 그가 그 여자를 본 것은 며칠 전이었다. 출입구 근처 바로 앞쪽, 사람들이 장바구니를 두는 곳이었다. 재봉틀 옆에 팻말이 하나 걸려 있었는데 그는 그 내용을 정확하게 기억해 낼 수 있었다. 〈잔 토펠 수선 ─ 성심성의껏 신속하게 옷 모양을 바꿔 주거나 수선해 줌.〉 그 여자의 도움을 받아야만 했다. 반드시 그 여자가 그를 도와주어야만 했다. 그 가게도 점심시간이 아니라면 마땅히 그래야만 했다. 아니, 점심시간이라면 오늘 일이 너무 많이 꼬이게 되므로, 그 여자는 점심시간에 쉬지 말아야만 했다. 하루에 일이 그렇게 많이 꼬이는 것은 도저히 참아 낼 수가 없었다. 오늘만큼은 절대로 안 되었다. 이처럼 딱한 처지를 당했는데 그런 일이 있어서는 결코 안 되었다. 진실로 곤궁한 처지에 처하게 되면 행운이 찾아와 남의 도움을 받을 수 있게 된다는 것이 그의 믿음이었다. 그러므로 토펠 부인이 반드시 자리를 지키고 앉아 그를 도와주리라고 생각했다.

토펠 부인은 자리에 〈있었다〉! 그는 식료품부에 들어서자마자 재봉틀 앞에 앉아서 바느질을 하고 있는 그 여자를 볼 수 있었다. 토펠 부인은 정말 책임감이 투철한 사람 같았다. 점심시간조차 성심성의껏 신속하게 일을 하고 있었으니 말이다. 그는 그 여자가 있는 쪽으로 쫓아가서 재봉틀 옆에 선 다음 넓적다리에 있던 손을 떼고 손목시계를 얼른 훔쳐보았다. 시계는 2시 5분을 가리키고 있었다. 그는 인기척을 냈다.

「부인!」

토펠 부인은 빨간색 치마에 주름 잡는 일을 마치고 재봉틀을 끈 다음 옷감을 꺼내 실을 끊으려고 바늘 끝을 이완시켰다. 그러고는 얼굴을 들어 조나단을 쳐다보았다. 그 여자는 테가 굵고 진주빛인 커다란 안경을 쓰고 있었다. 안경알이 겉으로 많이 불거져 있어서 눈이 커다랗게 보였고, 눈두덩이가 움푹하게 파여 그늘진 웅덩이처럼 보였다. 밤색 머리카락은 어깨까지 매끈하게 흘러내렸고, 입술은 은색이 도는 보랏빛으로 칠하고 있었다. 나이가 40대 후반이나 50대 중반쯤 되었을 것 같았고, 풍기는 인상은 유리알이나 카드를 통해 운명을 읽을 수 있는 아낙네들 같았다. 사실 미천하여 〈부인〉이라는 호칭이 썩 잘 어울리지는 않지만, 사람들이 보

기만 하면 이내 속마음을 털어놓는 그런 여자들의 인상 같았
다. 그리고 조나단을 제대로 보려고 자신의 코 위에 걸쳐져
있던 안경을 슬쩍 올리던 손가락은 뭉툭하고 소시지처럼 보
이기는 했지만, 그렇게 일을 많이 하는 와중에도 손톱에 은
빛 보라색 매니큐어를 칠해 놓아 왠지 친밀감이 느껴지는 소
박함을 풍기고 있었다.

「왜 그러세요?」

토펠 부인의 목소리는 약간 쉰 듯했다.

조나단은 옆으로 비스듬히 서서 바지에 난 구멍을 손으로
가리키고 이렇게 물었다.

「고칠 수 있겠습니까?」

그 물음이 너무 거칠고, 아드레날린 때문에 흥분되어 있
는 자신의 상태를 들킬 것 같은 생각이 들어서 그는 될수록
별것 아니라는 말투로 다시 덧붙였다.

「조금 찢겨져서 구멍이 났어요……. 재수가 없었죠. 이걸
어떻게 해볼 수 있을까요?」

토펠 부인은 그 큰 눈으로 조나단을 보던 눈길을 떨구고,
넓적다리에 난 구멍을 보더니 그것을 자세히 보려고 몸을 구
부렸다. 그러자 밤색의 매끈한 머리카락이 어깨에서부터 뒤
통수까지 갈라졌고, 그 사이로 짧고 통통한 흰색 목덜미가
드러났다. 그와 동시에 코를 찌를 듯이 진한 화장품 냄새가
솟구쳐 올라와, 조나단은 자기도 모르게 고개를 번쩍 들어
목덜미 근처를 바라보던 시선을 슈퍼마켓 쪽으로 멀리 돌려

야만 했다. 잠시 동안 그는 상품 진열대, 냉장고, 치즈 판매대, 소시지 매장, 특별 서비스 코너, 피라미드형으로 진열된 술병들, 야채 코너 등과 그 사이를 헤매고 있거나 쇼핑 수레를 밀거나, 어린아이 손목을 질질 끌고 가는 손님들, 판매원, 창고 직원, 계산대 직원, 또 그들과 함께 허둥지둥하며 소음을 유발하고 있는 수많은 사람, 그런 그들 곁에 찢어진 바지를 입고 사방을 살살이 쳐다보고 있는 자기 자신의 총체적인 모습을 발견할 수 있었다⋯⋯. 그러다가 혹시 그 군중 속에 빌망 씨나 로크 부인이나 심지어 뢰델 씨가 있다가 공공장소에서 밤색 머리의 여자가 등을 잔뜩 구부리고 자기 몸의 은밀한 곳을 살펴보고 있는 모습을 보고 있을지도 모른다는 생각이 번개처럼 뇌리를 스치자 온몸이 오싹해졌다. 더군다나 찢긴 부위의 펄럭거리는 옷감을 이쪽저쪽으로 뒤집어 보고 있는 토펠 부인의 뭉툭한 손가락을 넓적다리 살갗에서 느끼자 몸이 와르르 주저앉아 버릴 것만 같았다⋯⋯.

다행히 토펠 부인이 그 순간 넓적다리가 있는 아래쪽에서 윗몸을 일으키더니 의자에 등을 기대며 앉았고, 사정없이 마구 뿜어 대던 화장품 냄새도 가셔서, 조나단은 정신을 어지럽게 만든 그 넓은 매장에서 눈길을 떼고, 크고 안경알이 도톰한 토펠 부인의 친밀감 드는 안경 쪽으로 고개를 돌릴 수가 있었다.

「어떻겠습니까?」

그렇게 말해 놓고 그는 마치 의사 앞에서 무서운 진단이 내려지는 것을 두려워하는 환자처럼 불안해하며 재차 물었다.

「어떻겠습니까?」

「괜찮겠어요.」

토펠 부인이 말했다.

「밑에다 뭐만 대면 되겠어요. 바느질 자국이 조금 남기는 할 거예요. 그렇게 안 하고는 다른 방법이 없어요.」

「그 정도는 아무 문제도 되지 않습니다.」

조나단이 말했다.

「바느질 자국 조금 남는 거야 아무렇지도 않아요. 이렇게 눈에 잘 띄지도 않는 곳을 누가 세심히 쳐다보겠습니까?」

그렇게 말한 다음 재빨리 시계를 보니 2시 14분이었다.

「그러니까 하실 수 있다는 거죠? 저를 도와주실 수 있다는 거죠?」

「물론이에요.」

그렇게 말하고 토펠 부인은 그것을 자세히 보느라고 밑으로 내려온 안경을 다시 콧등 위로 밀었다.

「어이구, 고맙습니다, 부인.」

조나단이 말을 이었다.

「정말 고맙습니다. 부인은 저를 지금 굉장히 난처한 입장에서 구출해 주시는 겁니다. 그런데 딱 한 가지 부탁이 있기는 합니다만, 어려우시더라도…… 제 부탁을 좀 들어주시지요. 시간이 없거든요. 이제 시간이 겨우…….」

그가 시계를 다시 쳐다보았다.

「겨우 10분밖에 없답니다. 그러니 지금 즉시 해주실 수 있으시겠습니까? 내 말은 지금 당장, 곧바로 말입니다.」

질문 가운데는 어차피 묻는 사람조차 그렇게 할 수 없다고 생각하기 때문에 묻는 것의 내용에 이미 부정적 의미가 숨겨져 있는 것이 있다. 그리고 말을 꺼내자마자 상대방의 눈을 쳐다보면 아무것도 소용이 없다는 것을 알게 되는 부탁도 있다. 조나단은 토펠 부인의 그늘진 커다란 눈을 쳐다보면서 모든 것이 부질없고, 절망적이고, 희망이 없는 일이라는 것을 즉각 알아챌 수 있었다. 사실 그는 이미 그 전에 허둥대며 질문을 늘어놓을 때 다 알고 있었다. 손목시계를 쳐다본 순간 혈액 속의 아드레날린 수치가 쑥 내려가는 것을 온몸으로 느낄 수 있었다. 〈10분 남았다니!〉 그는 이제 막 물에 녹으려는 무른 얼음 덩어리 위에 서 있는 사람처럼 몸이 뒤뚱하며 기우는 것 같았다. 10분이라니! 세상에 어느 누가 10분 동안에 그렇게 괴상하게 찢긴 구멍을 때울 수가 있겠는가? 그건 절대로 안 되는 일이었다. 도저히 그렇게 할 수가 없었다. 넓적다리에 대고 그대로 꿰맬 수는 없는 일이었다. 그 밑에다 뭐든 대야 하니까 그것은 곧 바지를 벗어야 한다는 의미였다. 봉마르셰 백화점의 식료품부 어디에서 갈아입을 바지를 구한단 말인가? 바지를 벗고 그냥 속옷 차림으로? 바보 같은 짓이었다. 너무나도 어처구니없는 짓이었다.

「지금요?」

토펠 부인이 물었고, 조나단은 모든 것이 부질없음을 잘 알고 있고, 깊이를 알 수 없는 절망감에 휩싸여 있으면서도 고개를 끄덕여 보였다.

토펠 부인이 빙그레 웃었다.

「이것 좀 보세요, 아저씨. 여기 보시는 이것들 모두 다요.」

그렇게 말하면서 부인은 재킷과 바지와 블라우스 등의 옷 가지가 수북하게 쌓여 있는 약 2미터 길이의 옷걸이를 가리켰다.

「이것들을 내가 지금 당장 다 해야만 한다고요. 하루에 열 시간이나 일하고 있어요.」

「네, 그러시겠지요.」

조나단이 말을 이었다.

「저도 충분히 이해가 갑니다, 부인. 그냥 해본 소리였습니다. 그렇다면 부인 생각으로는 이 구멍을 기우는 데 얼마나 기다리면 되겠습니까?」

토펠 부인은 다시 재봉틀이 있는 쪽으로 몸을 돌리더니 빨간색 치마를 추스르며 바늘 끝을 내려 치마에 물렸다.

「다음 주 월요일까지 가져오시면 3주 후에 해놓을 수 있어요.」

「3주라고요?」

조나단은 넋이 나간 듯 그 말을 그대로 반복하였다.

「네, 3주요. 더 빨리는 안 돼요.」

그런 다음 부인은 기계를 작동시켰고, 바늘이 요란스러운 소리를 내며 움직였다. 조나단은 순간적으로 자기가 그 자리에 없는 듯한 착각을 했다. 불과 팔 하나만 뻗으면 닿을 만한 곳에 재봉틀에 앉아 일을 하고 있는 토펠 부인, 진주빛 테 안경과 밤색 머리카락, 바쁘게 움직이는 뭉툭한 손가락, 빨간색 치마의 가장자리에 연신 실을 박아 대며 움직이는 바늘을 다 볼 수 있기는 하였지만……. 그리고 그 뒤에 분주한 슈퍼마켓의 모습도 희미하게나마 볼 수 있기는 하였지만……. 자기 자신만은 없는 것 같았다. 그것은 잠깐 동안 자기 스스로를 주변을 이루는 한 개체로 받아들이지 않고, 밖에 멀리 떨어져서 마치 망원경을 거꾸로 보는 것처럼 주변을 지켜보는 느낌이었다. 그리고 오전에도 그랬었던 것처럼 다시 현기증이 나서 비틀거렸다. 그는 한 발자국 옆 걸음질을 친 다음 방향을 돌려 출구로 빠져나왔다. 걸어가는 동안 정신이 다시 제자리로 돌아왔고, 망원경을 보는 듯한 현상은 눈에서 사라졌다. 그렇지만 속으로는 여전히 비틀거리고 있는 것 같았다. 그는 문방구에서 스카치테이프를 하나 샀다. 그것을 바지에 붙여서 너덜너덜하게 떨어져 있는 삼각형의 깃발 같은 옷감이 걸음을 옮길 때마다 펄럭이지 않도록 하였다. 그렇게 하고 다시 직장으로 갔다.

오후 내내 그는 걱정과 노여움 속에서 시간을 보냈다. 은행 앞 제일 높은 계단 위에서 기둥에 바짝 붙어 있기는 하였지만, 나약함에 굴복하고 싶지는 않았기에 등을 기대지는 않았다. 또 어차피 그렇게 할 수도 없는 입장이었다. 남의 눈에 잘 띄지 않게 기대려면 뒷짐을 져야만 했는데, 왼손으로 넓적다리의 스카치테이프를 가려야만 했기 때문에 그럴 수 없었다. 그 대신 안정된 자세를 취하려면 싫지만 어쩔 수 없이 건방진 젊은 녀석들이 했던 대로 양다리를 쩍 벌리고 있어야만 했다. 그렇게 서자 등이 구부러졌고, 언제나 반듯하게 치켜들고 있던 턱이 머리와 모자랑 같이 어깨 사이로 쑥 들어가는 형상이 되었으며, 그런 자세 때문에 자연히 모자챙 아래에서 쳐다보는 시선은 험상궂어 보였고, 그런 모습을 하고 있는 다른 경비원들을 보면서 스스로 경멸했던 무뚝뚝한 표정이 되어 버렸다. 그는 갑자기 기형이 된 기분이었고, 경비원의 캐리커처를 만들고 있는 것 같았으며, 스스로를 비웃고 있는 것처럼 느껴졌다. 그런 자신이 한심스러웠다. 혐오스러웠다. 자기 자신에 대한 불타는 증오심으로 껍질을 홀딱 벗고 싶은 심정이었다. 또 온몸의 살갗이 다시 가렵기 시작하였고, 땀구멍에는 땀이 맺히고 제2의 피부처럼 옷이 몸에 짝 달라붙었기 때문에 옷에 몸을 문지를 수도 없어서 그는 정말로 껍질을 홀라당 벗어 버리고 싶었다. 그리고 살갗과 옷 사이에 공기가 조금 통해서 옷이 붙어 있지 않은 곳은 다리 아랫부분이나 팔뚝 그리고 등판의 가운데 고랑 윗부분이었다⋯⋯. 그중에서 등판의 고랑에는 땀이 송골송골 맺혀 땀방울을 이루며 흘러내리고 있었기 때문에 도저히 참아 내기 어려울 정도였지만, 그곳만큼은 절대로 긁고 싶지 〈않았다〉.

그렇게 한다고 해서 몸 전체로 느끼는 불편함에 크게 도움이
되지도 못할 거면서, 그를 좀 더 확실하게 바보스러운 모습
으로 만들어 버릴 것이라는 생각에 그는 혹시 약간 도움이
될지도 모를 그 짓을 하지 않기로 하였다. 그냥 꾹 참기로 하
였다. 오래 참으면 참을수록 그쪽이 더 나았다. 고통을 받음
으로써 증오와 분노는 더 부추겨졌고, 그것은 점점 더 빠른
속도로 몸속에 피를 돌게 하면서 땀구멍으로 더 많은 땀을
밀어내는 것으로 나름대로 고통을 배가시켰기에 그의 증오
와 분노는 정당화될 수 있기 때문이었다. 얼굴은 흥건히 젖
었고, 땀줄기가 턱과 목을 타고 흘러내렸고, 모자의 테두리
는 부풀어 오른 그의 이마를 아프게 조였다. 그래도 그는 아
주 잠시 동안만이라도 절대로 모자를 벗어 들지 않았다. 그
것은 꽉 닫은 압력솥 뚜껑처럼 쇠로 만든 고리가 되어 관자
놀이를 누르며 머리 위에 그대로 얹혀 있어야만 될 것 같았
다. 그러다가 혹시 머리가 터지더라도 하는 수 없었다. 그는
고통을 경감시킬 수 있는 일은 아무것도 하고 싶지 않았다.
몇 시간 동안 꼼짝도 하지 않은 채 그렇게 서 있었다. 그는
다만 자신의 등이 점점 더 구부러지고 있다는 것과 어깨와
목과 머리가 더 많이 밑으로 수그러들고 있어서 몸이 땅딸막
해지면서 잡종견 같은 자세로 되어 간다는 것을 느낄 뿐이
었다.

　한참이 지나고 나서야 마침내 ── 그가 그렇게 하려고도
하지 않았고, 또 할 수도 없었지만 ── 그의 몸속에 부글부글

끓어오르던 자기혐오가 모자챙 밖으로 점점 더 험악하게 노려보던 눈을 통하여 그의 몸 밖으로 빠져나가 완벽한 증오가 되어 세상 바깥으로 퍼져 나갔다. 시선 안에 들어오는 것들을 그는 모두 자기 자신에 대한 증오의 추악한 찌꺼기로 덮어씌웠다. 세상의 실제 모습이 그의 눈 안에 담겨지지 않았고, 빛의 흐름이 거꾸로 연결된 듯 두 눈은 마음속의 일그러진 상들을 밖으로 토해 내기 위하여 외부로 통하도록 만들어진 문 같은 역할을 하였다. 그때 길 건너편 노천카페의 웨이터가 눈에 띄었다. 그들은 카페 앞의 인도에서 의자와 탁자 사이를 빈둥거리며 돌아다니는 아무짝에도 쓸모없고, 새파랗게 어린, 멍청한 웨이터들이었다. 버릇없는 잡담이나 지껄이거나, 히죽거리며 웃거나, 낄낄대거나, 지나가는 사람들을 훼방하거나, 아가씨들을 향해 휘파람을 불거나, 가끔씩 주문을 받으면 주방 쪽으로 열린 창문에 대고 〈커피 한 잔! 맥주 하나! 레몬수 하나!〉 따위 소리나 치는 일 말고는 수탉처럼 아무 짓도 하지 않고 있었다. 그러다가 안으로 들어가 편히 쉬든가, 일부러 바쁜 척하면서 주문된 음식을 곡예 하듯이 들고 나와 손님들에게 갖다 주곤 하였다. 또 주문받은 것을 가져다줄 때는 엉터리 예술가 같은 몸짓으로 찻잔을 나사처럼 빙 돌리다가 탁자에 놓든가, 콜라병을 넓적다리 사이에 끼우고 한 손으로 뚜껑을 딴 다음에 그제야 그때까지 입술 사이에 물고 있던 영수증을 빼내어 재떨이 밑에 끼워 놓는다든가, 그사이에 다른 손으로는 옆 좌석의 계산을 하곤 하였다. 커피 한 잔에 5프랑이나 하고, 맥주 작은 것 한 병에 11프랑이나 하고, 거기에다가 그 잘난 서비스에 대한 봉사료를 15퍼센트나 얹고, 팁까지 받아 엄청나게 많은 돈을 지갑에 챙겨 넣고 있었다. 그들은 당연한 것처럼 팁을 기대하였다. 그는 아무 짓도 하지 않고 팁이나 받아먹는 그들이 굉장히 뻔뻔스러운 작자들이란 생각이 들었다. 그것을 주지 않으면 그들 입에서는 〈안녕히 가십시오〉는 고사하고 〈고맙습니다〉라는 인사조차 나오지 않았다. 팁을 주지 않는 손님은 그런 자들의 눈에는 허깨비 같아서, 가게를 나설 때 웨이터의 거만한 등짝이나 엉덩짝만을 볼 수 있을 뿐이었다. 그 멍청한 바보들은 돈이 꽉 찬 검은색 지갑이 멋들어져 보인다는 생각으로 마치 살찐 볼기짝처럼 뻔뻔스럽게 내보이며 허리춤에 차고 다녔다. 조나단은 바람이 잘 통할 것 같은 시원한 반소매 셔츠 바람의 그 허풍스러운 작자들을 자기의 독기 어린 시선으로 찔러 죽였으면 좋겠다는 생각을 했다. 아예 길 건너편으로 달려가서 그늘진 천막 속에 있는 그들의 귀를 잡고 대로로 끌고 나와 귀싸대기를 후려갈기고 싶었다. 한 대는 귓바퀴 뒤에, 또 한 대는 볼기짝에 왼쪽, 오른쪽, 왼쪽, 오른쪽 바꿔 가며 철썩철썩 갈기고 싶었다……

꼭 그들만 그렇게 하고 싶은 것은 아니었다! 그까짓 코흘리개 웨이터만 때리고 싶은 것이 아니라, 손님들도 볼기짝을 때려 주고 싶었다. 한심한 관광객으로 보이는 손님들은, 바로 코앞에서 어떤 사람은 땀을 뻘뻘 흘려 가며 일하고 있는

데 여름 셔츠와 밀짚모자에 선글라스까지 끼고 어기적거리면서, 터무니없이 비싼 청량음료나 홀짝대고 있는 작자들이었다. 자동차를 몰고 가는 사람들도 마찬가지였다. 공기를 더럽히고, 듣기 거북한 소음이나 유발하고, 지독한 냄새로 찌든 양철통 속에나 들어앉아서 날씨도 화창한 긴 하루를 세브르가 여기저기를 난폭하게 왔다 갔다 하며 질주하는 짓 말고는 할 일 없어 보이는 원숭이 같은 작자들이었다. 〈이미 있는 냄새만으로도 충분하지 않단 말인가? 이 거리, 이 도시에서 나는 소음만으로도 그리 시끄럽지 않다는 건가? 하늘에서 내리쬐는 작열하는 뙤약볕도 부족하다는 건가? 숨 쉬기에도 조금밖에 남아 있지 않은 공기를 엔진 속으로 빨아들여 태워서는 독성과 매연과 뜨거운 증기와 섞어 멀쩡한 사람의 콧속으로 불어넣어야 속이 시원하단 말인가? 쓰레기 같은 놈들! 범법자들! 그런 놈들은 씨를 말려 버려야 해. 채찍을 마구 휘둘러 없애 버려야 해. 총으로 쏴 죽이든가. 한 사람, 한 사람씩 쏜 다음에 다시 전체를 다 쏴버려야 해.〉 조나단은 권총을 꺼내 어디로든지 한 방 날리고 싶은 충동을 참기 어려웠다. 카페의 한가운데를 향하여 쏘든가, 요란하게 와장창 깨지는 소리가 나도록 유리창 한가운데를 향하여 쏘든가, 자동차의 무리 속을 향하여 쏘든가, 길 건너에 있는 보기 싫게 높고 위협적인 큰 건물 가운데 하나를 향하여 쏘든가, 아니면 그냥 허공에 대고 위쪽으로 쏘든가, 혹은 하늘을 향해, 정말 그 뜨겁고 지겹게 짓눌러서 숨 막힐 것 같은 비둘기빛 청회색의 하늘을 향해 쏘고 싶었다. 그렇게 하여 하늘이 산산조각으로 부서져서 납처럼 무거운 캡슐 같은 세상을 부서뜨리고, 붕괴하고, 추락하여 저 흉측스럽고, 지겹고, 시끄럽고, 악취 나는 모든 것을 다 으스러뜨려 묻어 버릴 수 있게 하고 싶었다. 바지에 생긴 구멍 때문에 비롯된 조나단의 분노는 결국 온 세상을 산산조각 내고, 재로 만들어 버리고 싶을 만큼 그렇게 무한하고 무진장해졌다.

그렇지만 그는 천만다행히도 실제로 행동에 옮기지는 않았다. 하늘로나, 길 건너편의 카페로나, 지나가는 자동차의 무리에 총을 쏘지 않았다. 그대로 선 채 땀을 흘리며 움직이지 않았다. 그로 하여금 상상 속에서 불타오르게 하였고, 눈을 통하여 뿜어 나오게 하였던 바로 그 증오의 힘이 이제는 다시 세상을 등진 듯 그를 완전히 마비시켰다. 손을 무기가 있는 곳까지 움직일 수도 없거니와 손가락을 방아쇠에 대고 구부릴 수조차 없을 만큼 관절 한 마디도 움직일 수 없었다. 정말로 그는 짓궂게 코끝에 맺혀 있는 작은 땀방울을 털어 내기 위해 머리를 약간 흔들 기력조차도 없었다. 증오의 힘이 그를 그렇게 돌처럼 변하게 하였다. 그것은 그를 정말로 스핑크스 같이 위협적으로 보이게 하였고, 또한 요지부동의 모습으로 바꾸어 놓았다. 마치 그것은 철 속에 자석의 힘을 통하게 하거나, 철을 일정하게 흔들거리도록 만드는 전압 같은 것이었고, 혹은 돔 같은 건물의 둥근 천장에 있는 벽돌 하나하나마다 특정한 곳에 꼭 붙어 있게 만드는 강력한 압력

같은 힘이기도 하였다. 그리고 그것은 어디까지나 마음속에만 품고 있는 생각이었다. 그 모든 것의 잠재성은 〈만약에 할 수만 있다면 진정으로 해보고 싶다〉라는 가정에 묶여 있을 뿐이고, 조나단은 마음속으로 여러 가지 잡다하고 끔찍한 생각들을 하면서도, 그와 동시에 자신이 그런 짓을 절대로 할 수 없으리라는 것을 잘 알고 있었다. 그는 그럴 인간이 못 되었다. 정신적인 곤궁함과 혼란스러움과 혹은 순간적 증오로 범죄를 저지르는 그런 정신 착란자는 아니었다. 그리고 그것은 범죄가 도덕적으로 잘못되었다고 생각해서 못하는 것이 아니라, 단지 행동으로 실행하거나 혹은 말로도 생각을 〈내뱉을 능력이〉 없기 때문이었다. 그는 행동하는 사람이 아니었다. 참아 내는 사람이었다.

오후 5시경에 그는 말할 수 없을 만큼 참담한 기분에 휩싸이게 되었고, 은행 입구의 세 번째 계단에 있는 기둥을 벗어나지도 못하고, 그 자리에서 죽어 버릴 것만 같았다. 몇 시간 동안 계속된 밖으로부터의 태양열과 안으로부터 나오는 뜨거운 분노의 충돌로 온몸이 녹고 사그라져서 적어도 20년은 더 늙은 것 같았고, 키도 20센티미터는 줄어든 것 같았다. 땀으로 흥건하게 젖어 가는 것을 더 이상 느끼지도 못하게 되어서 그는 정말로 몸이 사그라진 느낌이었다. 5천 년의 세월을 보낸 돌 스핑크스처럼 사그라지고, 피폐해지고, 열에 찌들고, 부서진 것 같았다. 그리고 그것은 세월이 얼마 흐르지 않아 완전히 말라비틀어지고, 전소하고, 오그라들고, 부서져서 마치 먼지나 재처럼 가루가 되어, 거기 그가 그렇게 힘겹게 서 있는 바로 그 자리에 한 무더기 쓰레기로 소복이 떨어져 있다가, 바람이 한 줄기 불어오거나, 청소부가 비질을 하거나, 비라도 오면 그제야 마침내 그곳에서 멀리 날아가 버리게 되리라는 상상이 되었다. 그렇게 그의 인생은 마감될 것 같았다. 남들로부터 존경받고, 연금을 받고 사는 평범한 노인네가 되어 자기 집의 자기 침대에서 끝나는 것이 아니라 거기 그 자리에 한 무더기 쓰레기로 말이다! 그는 이쯤에서 그런 일이 일어나 주기를 간절히 바랐다. 붕괴의 과정이 좀 더 빨리 가속화하여 그만 끝나 주었으면 하는 바람이었다. 의식을 잃어버리고 무릎이 꺾이면서 고꾸라져 주기를 진실로 바랐다. 그는 의식을 잃고 쓰러지기 위해 온 신경을 집중하며 애를 썼다. 어렸을 때만 해도 그런 것을 해낼 수 있었다. 원하는 때는 언제라도 울 수 있었다. 숨도 기절할 때까지 안 쉴 수 있었다. 혹은 심장 박동을 잠시 멈출 수도 있었다. 그러나 이제는 아무것도 할 수가 없었다. 자기 자신을 감당할 수 있는 힘이 그에게는 없었다. 참말이지 주저앉고 싶어도 무릎조차 구부릴 수가 없었다. 다만 그 자리에 그대로 선 채 역겨움을 견뎌 낼 수밖에 없었다.

그때 뢰델 씨 승용차에서 나는 엔진 소리가 나지막하게 들렸다. 경적 소리가 아니라 방금 전에 시동을 걸고 뒷마당에서 정문 쪽으로 나오려고 할 때 엔진이 돌며 내는 작은 쇳소리였다. 그 작은 소리가 귓전을 울리고, 귓속을 파고들어와 전기가 들어오는 것처럼 그의 몸에 있는 온 신경에 비상을 걸고 있음을 조나단은 몸의 관절이 뚝뚝 꺾이는 것과 척추가 기지개를 펴는 것으로 느꼈다. 그와 동시에 그가 어떻게 하지도 않았는데 벌리고 서 있던 오른발이 왼발 쪽으로 옮겨 가고, 왼발이 구두 뒤꿈치를 중심으로 돌고, 오른쪽 무릎이 걸음을 내딛을 수 있도록 구부러지고, 왼쪽도 똑같이 하고, 다시 오른발이……. 한 발씩, 한 발씩 발을 내딛고, 실제로 걷고, 세 개의 층계를 뛰어 내려가고, 벽을 따라가면서 정문 쪽으로 허둥지둥 뛰어가고, 정문을 밀어젖히고, 부동자세를 취하고, 오른손을 절도 있게 모자챙에 붙이고, 승용차를 통과시키고 있었다. 그 모든 것을 그는 자기 자신의 의지는 전혀 개입시키지 않고 완전히 자동적으로 했다. 그는 자신이 움직이고 있다는 것과 뭔가 동작을 했다는 것을 인식할 뿐이었다. 행동을 취하면서 조나단이 생각과 함께했던 유일한 일은 뢰델 씨의 승용차가 지나간 후 쓰디쓴 분노의 눈길을 그쪽을 향하여 보낸 것과 한참 동안이나 저주를 퍼부은 것이 전부였다.

그러나 다시 자기 자리로 되돌아왔을 때는 그 마지막 남은 불씨 같은 분노의 불길도 사라져 버렸다. 기계적으로 세 개의 계단을 오를 때 증오의 마지막 찌꺼기도 다 말라 버렸고, 그 위에 다 올라갔을 때 그는 눈으로 아무런 독기나 분노도 뿜어내지 않았으며, 다만 힘없는 시선을 거리에 떨굴 뿐이었다. 눈이 자기 것이라 생각되지 않았고, 자기가 그 눈 뒤에 앉아 있는 것처럼 느껴졌으며, 생명이 없는 둥근 유리창을 통해 밖을 쳐다보는 것 같았다. 정말 그랬다. 몸뚱이 전체가 자기 것이 아닌 것 같았고, 조나단 자신이나 적어도 자기 것이라고 느껴지는 것들은 낯선 사람의 커다란 육신에 쪼끄맣게 찌그러져 붙어 있는 정령(精靈)처럼 느껴졌다. 자기 힘으로는 조절할 수도 없고, 자신의 의지로는 방향을 틀 수도 없으며, 필요하다면 저절로 움직이거나 아니면 어떤 다른 힘의 지배를 받는 거대한 인간 기계가 있는 누군가의 커다란 몸속에 갇혀 버린 딱한 정령 같았던 것이다. 스핑크스처럼 마음의 평온을 찾은 것이 아니라, 작동이 멈췄거나 줄이 끊긴 꼭두각시처럼 기둥 앞에 가만히 서서 마지막 남은 10분의 근무 시간을 채웠고, 오후 5시 30분 정각에 빌망 씨가 잠깐 바깥 유리창에 모습을 드러내며 문 닫자고 소리칠 때까지 그렇게 있었다. 그러다가 조나단 노엘이라고 불리는 꼭두각시 인간 기계는 은행 안으로 순순히 들어가, 문의 여닫이를 조절하는 책상으로 가서, 직원들이 밖으로 나갈 수 있도록 안쪽과 바깥쪽 유리문을 두 개의 버튼을 누르며 조절하였다. 그런 다음 먼저 로크 부인이 빌망 씨와 함께 잠가 둔 금고로 통하는 문을 로크 부인과 함께 잠갔다. 그러고는 빌망 씨와 함께 비상경보기를 작동시켰고, 전자식 문 개폐기도 끄고, 로크 부인과 빌망 씨와 함께 은행 문을 나섰으며, 빌망 씨가 안쪽 유리문을 열쇠로 채우고, 로크 부인이 바깥 유리문을 잠그고 난 다음 규정대로 셔터를 내리고 잠갔다. 밖으로 나와서 로크 부인과 빌망 씨를 향하여 등을 약간 굽히며 인사를 했고, 그 두 사람에게 좋은 저녁 시간 보내라는 말과 주말을 잘 보내라는 인사도 했으며, 좋은 주말을 보내라는 빌망 씨의 인사와 월요일에 보자는 로크 부인의 말도 감사하게 받았다. 그러고는 그 두 사람이 먼저 몇 발자국을 걸어갈 때까지 기다렸다가, 자기도 밀려오는 행인들의 물결에 합류하였고, 사람들과 반대 방향으로 거슬러 올라갔다.

보행은 마음을 달래 줬다. 걷는 것에는 마음의 상처를 아물게 하는 어떤 힘이 있었다. 걷는 것은 규칙적으로 발을 하나씩 떼어 놓고, 그와 동시에 리듬에 맞춰 팔을 휘젓고, 숨이 약간 가빠 오고, 맥박도 조금 긴장하고, 방향을 결정할 때와 중심을 잡는 데 눈과 귀를 사용하고, 살갗에 스치는 바람의 감각을 느끼고 — 그런 모든 것이 설령 영혼이 형편없이 위축되고 손상되었다고 하더라도 그것을 다시 크고 넓게 만들어 주어서 — 마침내 정신과 육체가 모순 없이 서로 조화로워지는 일련의 현상이었다.

그런 현상이 굉장히 큰 인형의 몸속에 파묻혀 있는 정령인 제2의 조나단에게서도 일어났다. 시간이 차츰 지나면서 발걸음을 하나씩 하나씩 떼어 놓을수록 몸이 점점 커져 갔고, 내면도 채워져 갔으며, 자기 스스로를 감당해 낼 수 있는 상태로 급격하게 변화해 가더니 마침내는 조나단 자신과 일체가 되었다. 바크가의 모퉁이쯤에 다다랐을 때 일어난 일이었다. 그는 곧바로 바크가를 가로질렀다. (꼭두각시 조나단이었다면 자동적으로 몸을 오른쪽으로 꺾고, 분명히 늘 다니던 길인 플랑슈가로 갔을 것이다.) 그렇지만 그는 자기가 묵게 될 호텔이 있는 생플라시드가를 왼쪽에 두고, 라베 그레구아르가까지 쭉 걷다가 계속해서 보지라르가까지 간 다음 뤽상부르 공원 쪽으로 갔다. 공원에 들어가서 사람들이 조깅할 때 뛰는 길인 제일 바깥쪽 원을, 울타리의 나무들을 따라 세 번 돌았다. 그러고는 방향을 남쪽으로 바꾸고, 몽파르나스가로 가서 몽파르나스 공동묘지를 찾았고, 거기에서 다시 묘지 주위를 한 바퀴, 두 바퀴 돌았고 다시 서쪽으로 가서 제15구를 향했다. 제15구를 가로질러 센강까지 갔다가, 북동향의 제7구를 향해 올라갔고, 다시 제6구로 갔으며 — 여름철 낮은 긴 법이니까 — 또 계속해서 쉬지도 않고 걷다가 뤽상부르 공원으로 다시 갔다. 공원에 다다랐을 때 공원 문은 이미 조금 전부터 닫혀 있었다. 그는 참의원 건물 옆에 있는 공원 대형 철제문 앞에 잠시 섰다. 시간이 9시는 되었을 것 같았는데도 밖은 아직 낮처럼 환했다. 황금색으로 엷게 변해 가는 불빛과 보랏빛으로 변해 가는 그림자의 테두리만이 밤이 다가오고 있음을 알려 주었다. 보지라르가에는 차량도 줄어들어 거의 뜸해졌다. 수많던 인파도 줄었다. 공원 출구나 길모퉁이에 군데군데 모여 있던 사람들도 이내 흩어져서 한 사람씩 오데옹 극장과 생쉴피스 성당 주변의 숱한 골목길로 사라져 갔다. 한잔하러 가는 사람도 있고, 식당에 가는 사람도 있고, 집으로 향하는 사람도 있었다. 공기는 부드러웠고, 옅은 꽃향기가 묻어났다. 적막했다. 파리 전체가 저녁을 맞고 있었다.

갑자기 피곤이 몰려왔다. 여러 시간 동안 걸어 다녀서 다리와 등과 어깨가 아파 왔고, 신발 속 발바닥은 불이 붙는 것 같았다. 허기도 갑자기 몰려와서 배가 뒤틀렸다. 수프와 흰 식빵과 고기 한 점이 먹고 싶었다. 그가 서 있는 곳에서 가까운 카네트가에 레스토랑이 하나 있다는 것이 생각났다. 봉사료를 포함해서 47프랑 50상팀만 내면 되는 정식을 비롯해서 갖가지 음식이 다 있는 곳이었다. 그렇지만 땀에 절어 악취를 풍기고, 찢어진 바지를 입고 있는 처지로는 갈 수 없었다.

호텔로 돌아가기 위해 몸을 추슬렀다. 가는 도중 아사 거리에서 튀니지 사람이 하는 잡화상을 보았다. 문이 아직 열려 있었다. 기름에 절인 정어리 통조림 하나, 염소젖으로 만든 치즈 한 덩이, 배 한 개, 포도주 한 병과 아랍식 빵을 하나 샀다.

호텔 방은 플랑슈가에 있는 그의 방보다도 작았다. 한쪽 면이 출입문보다 약간 더 길었다. 기껏해야 3미터밖에 안 될 것 같았다. 벽들은 서로 직각을 이루며 맞물려 있지도 않았고 — 문 쪽에서 보자면 — 폭이 2미터쯤 되어 보이는 곳까지 비스듬히 벌어지다가, 갑자기 좁아지면서 방의 전면에 삼각형의 형태를 이루며 서로 붙어 있었다. 방의 모양새는 말하자면 관 같았다. 그리고 실제로 그것은 관보다 훨씬 더 넓지도 않았다. 긴 벽 쪽에 침대가 있었고, 그 맞은편에 세면대가 설치되어 있었으며, 그 아래에는 안에서 밖으로 돌리며 끄집어낼 수 있게 만들어진 뒷물대야가 하나 있었고, 삼각형을 이루는 곳에는 의자가 하나 놓여 있었다. 세면대의 오른쪽 위로는 천장 바로 밑으로 창문이 하나 뚫려 있었다. 그것은 창문이라기보다는 두 가닥의 끈으로 열고 닫을 수 있게 만든 유리가 끼워진 작은 채광구라고 하는 편이 옳았다. 습하고 후끈한 미풍이 밖에서 나는 잡다한 소음을 그 구멍을 통해 관 속으로 실어 날랐다. 접시가 부딪치는 소리, 화장실에서 물을 트는 소리, 스페인어와 포르투갈어의 단어 토막들, 약간의 웃음소리, 어린애가 훌쩍거리는 소리 그리고 가끔은 아주 멀리에서부터 들려오는 자동차 경적 소리.

조나단은 속옷 바람으로 침대 가장자리에 쪼그리고 앉아 저녁을 먹었다. 의자를 끌어다가 그 위에 가방을 얹은 다음, 사 온 물건 봉지를 펼쳐 놓아 식탁 대용으로 썼다. 쪼끄만 정어리를 주머니칼로 가로로 잘라 반쪽을 찍어 빵 조각에 얹어서 한입에 먹었다. 물컹물컹하고 기름에 절은 생선 살이 싱거운 빵과 함께 뒤섞이며 기막히게 맛 좋은 덩어리가 되었다. 레몬을 몇 방울 떨어뜨리면 맛이 더 훌륭하겠다는 생각이 들기는 하였지만, 한입 먹고 나서 포도주를 병째로 들어 조금 마신 후 그것을 이 사이로 지그시 물면서 잠깐 물고 있으면 생선의 진한 뒷맛이 포도주의 약간 신 듯한 향료와 어우러지면서 그것만으로도 충분히 좋은 맛을 자아내고 있었기 때문에 꼭 필요한 건 아니었다. 조나단은 식사를 하고 있는 지금 이 순간보다 더 맛있게 음식을 먹어 보았던 적이 일생에 단 한 번도 없었던 것 같았다. 통조림에 정어리가 네 개들어 있었으므로 그런 맛을 여덟 번 맛볼 수 있었다. 빵과 함께 온 신경을 집중하며 씹어 먹었고, 포도주도 여덟 번 마셨다. 그는 아주 천천히 먹었다. 언젠가 신문에서 배가 많이 고플 때 음식을 빨리 먹으면 몸에 좋지 않고 소화 장애가 일어날 수 있다는 것을 읽은 기억이 났기 때문이었다. 속이 메스껍거나 구토를 할 수도 있다는 것이었다. 그리고 그렇게 천천히 먹는 또 다른 이유는 그것이 그의 인생의 마지막 식사가 되리라는 것을 잘 알고 있기 때문이었다.

정어리를 다 먹고, 깡통에 남아 있던 기름도 빵으로 훑어서 다 먹은 다음 치즈와 배를 먹었다. 배는 어찌나 수분이 많은지 껍질을 깎다가 하마터면 놓칠 뻔했다. 그리고 치즈는 빈틈없이 단단히 뭉쳐져 있어서 칼날에 자꾸만 달라붙었고, 맛이 어찌나 시면서 쓰던지 잇몸이 순간적으로 아찔했으며, 잠깐 동안 침샘이 말라 버려 입이 건조해질 지경이었다. 그렇지만 달콤하고 물이 많은 배를 한 조각 먹으면 다시 괜찮아지면서 이와 입천장에서 떨어져 서로 엉키다가 혀를 타고 목 속으로 쏙 들어가곤 하였다……. 다시 치즈 한 입 먹고, 한 번 살짝 놀라고, 또다시 그것을 부드럽게 섞어 주는 배를 한 조각 먹고, 치즈 먹고, 또 배를 먹고……. 맛이 너무나 좋아서 그는 치즈를 쌌던 종이를 칼로 박박 긁었고, 조금 전에 칼로 썰어 냈던 배의 가운데 부분도 갉아 먹었다.

　한동안 몽롱하게 앉아 혓바닥으로 이를 훑다가 마지막 남은 빵 조각과 포도주를 삼켰다. 그런 다음 빈 깡통과 배 껍질과 치즈를 쌌던 종이를 빵 부스러기와 함께 돌돌 말아서 봉지에 넣어 치웠고, 쓰레기봉투와 빈 병을 문가에 세워 둔 다음, 가방을 의자에서 내려놓고, 의자를 도로 제자리에 갖다 놓은 후, 손을 닦고 침대에 누웠다. 그는 담요를 발치까지 밀어 놓고, 홑이불만 덮었다. 그리고 불을 껐다. 칠흑 같은 어둠이었다. 위쪽 천장 근처에 있는 구멍에서조차 한 줄기 가느다란 빛도 들어오지 않았다. 다만 물기 찬 미풍과 멀리 아주 멀리에서부터 들려오는 소리만이 들어올 뿐이었다. 몹시 후텁지근했다.

「내일 자살해야지.」

　그렇게 말하고 그는 잠에 빠져들었다.

　그날 밤은 악천후가 닥쳤다. 별안간 천둥 번개를 몰아치는 그런 것이 아니라 뜸을 한참씩 들이면서 힘을 오랫동안 질질 끄는 악천후였다. 두 시간 동안 하늘이 잔뜩 찌푸리기만 하면서 살짝 번갯불을 비추다가, 우르릉거리는 소리를 조금 내보기도 하다가, 어디에서 한바탕 터지는 것이 좋을지 모르는 것처럼 도시의 이곳저곳으로 몰려다니면서 세력을 점점 키우고, 더 넓게 퍼지더니 도시 전체를 얇은 납 같은 덮

개로 씌워 놓았고, 다시 기다리다가 그런 망설임으로 인한 팽팽한 긴장감이 감돌아도 여전히 폭발해 버리지 않았다……. 덮개 아래로는 아무것도 움직이지 않았다. 후텁지근한 대기에 아주 미세한 바람도 일지 않았고, 이파리 하나, 티끌 하나 꼼짝하지 않았고, 도시는 그대로 굳어 있었다. 어떻게 보면 도시 자체가 뇌우가 되어 하늘이 터져 버리기를 기다리는 것처럼 마비된 긴장감 속에서 떨고 있는 듯했다.

그러다가 마침내, 이미 아침이 조금씩 밝아 오려고 할 무렵 딱 한 번 요란하게 부딪치는 소리가 났다. 그 소리가 얼마나 컸던지 도시 전체가 폭발해 버리는 것 같았다. 조나단은 침대에서 벌떡 일어나 앉았다. 깨어 있다가 그 소리를 들던 것도 아니고, 그것이 천둥이라는 것도 알지 못하고 들었기 때문에 더 안 좋았다. 눈을 뜨는 순간 〈꽝!〉 하는 소리는 끔찍스러운 공포로 그의 관절 마디마디에 부서졌고, 미처 원인을 알지 못하던 그에게 그것은 죽음의 공포로 느껴지는 경악이었다. 단지 그가 들을 수 있었던 것이라고는 여러 갈래의 천둥소리로 다양한 반향을 내는 그 소리의 여운뿐이었다. 그는 밖에서 마치 책장처럼 집들이 차례로 넘어지고 있는 듯한 소리를 들었고, 그때 그에게 떠오른 첫 번째 생각은 〈이제 이쪽에서 모든 것이 끝나는구나〉라는 것뿐이었다. 그리고 그것은 자기 자신만의 종말이 아니라 지진이나 핵폭탄 혹은 그 둘 다 일어나거나 떨어져서, 어쨌든 완벽한 끝을 말하는 세상의 종말 혹은 멸망의 때가 왔다고 믿는 것이었다.

그러나 갑자기 사방이 조용해졌다. 두들겨 대던 소리도, 넘어지는 소리도, 꺾이는 소리도, 메아리 소리도, 아무것도 들리지 않았다. 그렇게 급작스럽게 나타나 지속되던 침묵은 세상이 망하는 듯이 울려 대던 굉음보다 훨씬 더 무서웠다. 그것은 조나단에게 자신이 아직 살아 있다면, 자신 이외의 것은 위든 아래든 반대편이든 밖이든 방향을 잡을 수 있을 만한 것이 몽땅 없어진 것으로 느껴졌다. 시각과 청각과 균형 감각 등의 지각이 살아 있다면 그가 어디에 있고, 또 자신이 누구인지 말해 줄 수 있었겠지만 그런 것들은 캄캄한 어둠과 침묵 속으로 다 없어져 버린 듯했다. 그는 다만 심장이 마구 뛰고 온몸이 부들부들 떨리고 있음을 느낄 뿐이었다. 자기가 침대에 있다는 것은 알 수 있었지만, 그것이 바닥을 알 수 없는 곳으로 떨어지고 있지 않다는 전제를 한다면 누구의 침대고, 어디에 있는 것인지도 알 수 없었다. 침대가 흔들거리는 것 같아서 자기가 손에 쥐고 있는 유일한 것을 놓치면 안 되겠다는 생각으로 넘어지지 않으려고 양손으로 매트리스를 꽉 움켜잡았다. 어둠 속에서 무엇이든 잡을 수 있을 만한 것을 찾았고, 고요 속에서 무슨 소리든 들어 보려고 했지만 아무것도 들리지 않았고, 아무것도 보이지 않았다. 전무했다. 그때 배 속이 꿈틀거리더니 역겨운 정어리 냄새가 치밀어 올랐다. 그는 절대로 토하지 말아야겠다는 생각을 했다. 그런 상황에서 자기마저 속을 비워 내 자신을 오물로 더럽히는 일은 절대로 해서는 안 될 것 같았다……. 그러다가 소름이 끼치도록 긴 시간이 지나고 나서 오른쪽 위에서 아주 희미한 빛이 가물거리는 것이 보였다. 그는 그쪽에 눈길을 붙들어 매었다. 사각형의 작은 곳에 빛을 담고 있으며, 내부와 외부를 가름하는 구멍 같기도 하고, 방에 뚫린 창문 같기도 한 것이 보였다⋯⋯. 도대체 누구의 방이란 말인가? 그것은 분명 〈그의〉 방이 아니었다! 평생 동안 그런 방에서는 살아 본 적이 없었다! 그의 방은 창문이 침대 발치 쪽에 있고, 천장에 닿을 만큼 그렇게 높지도 않았다. 그렇다면⋯⋯ 친척 아저씨네 집에서 살았던 방도 아니고, 샤랑통에서 부모님과 함께 살았던 집에 있던 방도 아니었다. 아니, 그것은 어렸을 때 쓰던 방이 아니라 지하실, 정말 부모님이 살던 집의 지하실 같았다. 어른으로 성장했다는 것과 파리에서 늙어 빠진 경비원이 된 것은 다 꿈이고, 어린아이가 되어서 집의 지하실에 갇혀 있는 것이 사실 같았다. 밖에는 전쟁이 나서 집은 파괴되었고, 사람들은 그를 잊어버린 모양이었다. 〈도대체 사람들이 왜 안 오는 걸까? 왜 나를 구출해 내지 않지? 왜 이렇게 쥐 죽은 듯이 조용한 거야? 다른 사람들은 다 어디로 갔지? 다른 사람들이 없으면 나 혼자서는 절대로 살 수가 없단 말이야!〉

그가 막 소리를 지르려던 참이었다. 남들로부터 버림을 받았다는 것이 애늙은이 조나단 노엘에게 너무나 다급하고, 무섭고, 절망적인 것이어서 다른 사람들이 없으면 살 수 없다는 말을 침묵 속으로 크게 내뱉으려던 중이었다. 그러나 그가 막 소리치려고 할 때 대답이 들렸다. 무슨 소리가 난 것이다.

처음에는 뭔가 두드리는 소리가 났다. 아주 조용하게. 그러다가 다시 두드리는 소리가 났다. 그러고는 위쪽 어디에선가 세 번째, 네 번째로 두드리는 소리가 났다. 그러더니 그 소리는 규칙적으로 북을 두드리는 것 같은 부드러운 소리가 되더니 점점 더 요란해졌고, 마침내는 더 이상 북소리가 아니라 힘차게 좍좍 쏟아지는 소리가 되었다. 조나단은 그 소리가 빗소리라는 것을 알았다.

방도 제대로 알아볼 수 있게 되었다. 연한 빛으로 사각형을 이루고 있는 얼룩도 채광구라는 것을 알게 되었고, 희미한 불빛 아래 호텔 방의 윤곽도 잡을 수 있게 되었다. 세면대도, 의자도, 가방도, 벽도 다 보였다.

매트리스를 꽉 움켜잡고 있던 손을 풀었고, 다리를 가슴에 닿게 오므린 다음 팔로 둥글게 감싸 안았다. 그렇게 잔뜩 웅크린 자세로 오랫동안, 아마 약 30분은 족히 될 시간을 가만히 있으면서 좍좍 흘러내리는 빗소리를 들었다.

그러고는 일어서서 옷을 입었다. 희끄무레한 불빛으로도 방향을 잘 잡을 수 있었기 때문에 불을 켤 필요도 없었다. 가방과 외투와 우산을 들고 방을 나서서 가만가만히 층계를 내려갔다. 프런트의 직원은 잠들어 있었다. 조나단은 까치발로 그의 옆을 지나, 그를 깨우지 않으려는 생각에 출입문의 손잡이를 살그머니 돌렸다. 〈찰칵!〉 하는 작은 소리가 났고, 문이 열렸다. 그는 자유 속으로 걸어 나갔다.

밖으로 나서니 서늘한 청회색의 아침 햇살이 그를 맞았다. 비는 이제 내리지 않았다. 빗물이 처마 끝과 차양에서만 방울방울 떨어졌고, 보도에는 군데군데 물웅덩이가 패여 있었다. 조나단은 세브르가를 향해 내려갔다. 사방을 둘러보아도 한 사람도 없었고 차도 보이지 않았다. 건물들은 차분하게, 거의 감동적일 만큼 청순한 모습으로 다소곳이 서 있었다. 그것은 마치 건물의 거만한 위용과 허풍스러움과 위협적인 태도를 빗줄기로 씻어 내린 것처럼 보였다. 길 건너편 봉마르세 백화점의 식료품부 앞에 고양이 한 마리가 쇼윈도를 따라가더니 말끔히 청소해 둔 야채 판매대 밑으로 도망쳤다. 오른쪽 부시코 공원에는 나무들이 비에 젖어 바스락거렸다. 한 쌍의 지빠귀가 지저귀기 시작했고, 그 새소리가 길가의 건물에 부딪쳐 메아리를 치면서 도시에 깔려 있던 고요가 더 깊어져 갔다.

조나단은 세브르가를 가로질렀고, 집으로 가기 위해서 바크가로 접어들었다. 발걸음을 옮길 때마다 젖은 신발이 물에 젖은 아스팔트에 닿아 철벅철벅 소리를 냈다. 꼭 맨발로 걷고 있는 것 같았다. 신발과 양말 속에서 미끄덩거리는 발의 촉감 때문이 아니라 소리 때문에 그랬다. 신발과 양말을 홀러덩 벗어 버리고 맨발로 가고 싶은 강한 충동을 느꼈지만 막상 그렇게 하지는 않았다. 그렇게 하면 볼썽사나울 것이라는 생각 때문이 아니라, 단지 그렇게 하는 게 귀찮기 때문이었다. 그렇지만 빗물 웅덩이의 한가운데를 밟으며 이 웅덩이에서 저 웅덩이를 찾아 지그재그로 옮기며 열심히 철벅거렸다. 그리고 한번은 길 건너편에 있는 물이 많고 제법 넓은 웅덩이를 보고 아예 그쪽으로 건너가기도 했다. 그는 젖은 평평한 신발을 가차 없이 철벅거렸고, 물이 한쪽은 가게의 쇼윈도로 또 한쪽은 주차된 자동차로 튀었으며 입고 있던 바짓가랑이로도 튀었다. 정말 신나는 짓이었다. 그는 어린아이들이 하는 그런 지저분한 유희를 다시 되찾은 대단한 자유라도 된다는 듯이 즐겼다. 플랑슈가에 도착하여 집의 대문을 들어서고, 잠겨 있는 로카르 부인의 숙소를 잽싸게 지나 뒷마당을 가로지르고, 좁다란 뒤 계단을 올라갈 때도 그는 여전히 활기찼고 행복해했다.

그 위까지 다 와서 7층에 가까워져서야 층계 끄트머리의 일이 염려스러워졌다. 흉물스러운 비둘기가 기다리고 있을 거란 생각 때문이었다. 똥과 바람에 하늘거리는 작은 깃털에 둘러싸인 채, 빨갛고 갈퀴 발톱처럼 구부러진 발로 복도 끝에 앉아 있을 비둘기가 그 공포의 멀건 눈으로 그를 기다리고 있다가 날개를 펄럭거리고 먼지를 흩날리면서 그를 향해 날아오면 그 좁은 복도에서 그것을 피할 도리가 도저히 없을 것 같았다……

계단이 불과 다섯 개 남았지만 그는 가방을 내려놓고 쉬었다. 돌아서고 싶지는 않았다. 마지막 몇 걸음을 떼어 놓기 전에 아주 잠깐만 쉬면서 숨 좀 돌리고, 심장도 어느 정도 진정시키고 싶었다.

뒤를 돌아다보았다. 시선이 나선형으로 꼬인 난간을 따라 깊숙이 밑으로 떨어졌다. 각 층마다 사선으로 비치는 햇살이 보였다. 아침 햇살은 그사이 푸른색을 잃고 노란색으로 변하여 더 따스해진 것 같았다. 아래층 세대들이 있는 곳에서 일찍 깬 사람들이 내는 소리가 들렸다. 찻잔 부딪치는 소리, 냉장고 문이 닫히는 둔한 소리, 낮게 틀어 놓은 라디오 음악 소리. 그리고 그에게 아주 친숙한 냄새가 갑자기 코를 찔러 왔다. 라살 부인의 커피 향기였다. 숨을 몇 번 깊게 들이마시자 마치 직접 커피를 마신 것 같은 기분이 되었다. 그는 가방을 들고 길을 재촉했다. 갑자기 공포가 사라져 버렸다.

복도에 다다랐을 때 두 가지가 눈에 얼른 띄었다. 닫혀 있는 창문과 공동변소 옆의 대야 위에 말리려고 펼쳐 놓은 걸레였다. 창문을 통해서 들어오는 햇살이 너무 강해서 시야가 가로막혔기 때문에 그는 미처 복도 끝을 볼 수는 없었다. 그는 어느 정도 진정된 마음으로 빛이 들어오는 곳을 지나갔고, 그 뒤의 그늘진 곳으로 계속해서 걸어 들어갔다. 복도는 완전히 비어 있었다. 비둘기는 흔적도 없었다. 바닥의 오물도 다 치워져 있었다. 깃털도 없었다. 붉은색 타일 위에서 바들바들 떨리던 작은 깃털도 보이지 않았다.

소유란 무엇인가?

　빈손으로 왔다가 빈손으로 돌아가는 인생이라는 것을 너무나 잘 알고 있는 우리들은 왜 그토록 소유를 위해 온갖 정성을 바치는가? 때로 용의주도하고 때로 견고해 보이기까지 하는 우리의 계획들은 한낱 사소한 것으로 인해 무참히 붕괴되어 버릴 수 있는 위험을 얼마나 많이 안고 있는가? 소유하기 위해서, 또 소유한 것을 지키기 위해서 한 발 한 발 끊임없이 내딛는 〈삶〉이라는 이름의 우리네 고투는 얼마나 단단한 지평 위에서 이루어지는가? 벽돌을 한 장 한 장 정성스럽게 쌓아 올리듯 조심하며 삶을 가꾸어 나가는 자의 불안은 과연 어디에서 기인하는가?

　『비둘기』의 주인공 조나단 노엘은 작가 파트리크 쥐스킨트가 소설을 통해 독자에게 메시지를 전달하기 위해 만든 전형적 모델이다. 누구에게나 한 번쯤 어디에선가 본 듯한 느낌을 주고, 그런 비슷한 사람이 가까이에 있을 것 같은 심증을 갖게 하고, 때로는 책을 읽는 사람 자신이 언젠가 느껴 봤음 직한 생각들을 작가는 그를 통해 표현했다. 그것도 특수 미세 현미경을 통하여 치밀하게 관찰한 것처럼 복잡하게 얽혀 있는 마음의 갈래를 한 올 한 올씩 정교하게 풀어냈다.

그리고 난, 그의 작품을 번역하는 번역가로서 그의 뇌 속으로 들어가 그가 갖고 있는 생각의 흐름을 좇았다. 그의 다른 작품들을 번역하며 이미 들어가 보았던 그의 마음의 행로에서 난 다시 한번 색다른 많은 것을 보았다.

그것들을 원래 상태대로 그대로 원고지에 토해 놓는 것이 말하자면 내 작업이었다. 굳은 것은 굳은 대로, 사그라지기 쉬운 것은 사그라지기 쉬운 대로, 익은 것은 익은 대로, 덜 익은 것은 또 덜 익은 대로. 정직한 심부름꾼이 되어 덜함도 더함도 없이 작가의 마음을 우리나라 독자들에게 그대로 옮겨다 주기 위해 심혈을 기울였다.

쟁취한 것이 무엇이든지 간에 무엇을 소유했느냐보다는 살아가면서 어떤 것을 이루어 내려고 노력하는 마음 그 자체가 노력을 기울인 사람에게 온전히 돌아가는 몫이라고 생각한다. 마치 유리 상자 안에 갇혀 있는 사람을 그린 것 같은 인위적 구도가 마음에 걸리지 않는 것은 아니었지만, 그렇게 선을 분명히 그어 놓음으로써 보다 강력한 메시지를 전달하려는 것이 작가의 뜻이 아니었을까 헤아려 본다. 어쨌든 책의 내용이나 느낌에 대해서는 내가 해놓은 작업을 통해 파트리크 쥐스킨트와 만나게 된 독자들과 이야기를 나누어 보면서 솔직하게 말하고 싶다. 단지 조금 먼저 읽은 사람으로서 책 읽는 재미를 조금이라도 앗아 가고 싶지 않기 때문이다.

아무 흔적도 남기지 않고 남의 마음속에 깊숙이 들어갔다 나와야 하는 작업이라서 창작보다 오히려 더 힘든 산고를 겪고 다시 또 한 권의 책을 내놓게 되어 기쁘다.

이 기쁨을 사랑하는 남편과 아들 성표 그리고 딸 성우와 함께 나누어 갖고 싶다.

지은이 **파트리크 쥐스킨트** 전 세계적인 성공에도 아랑곳없이 모든 문학상 수상과 인터뷰를 거절하고 사진 찍히는 일조차 피하는 기이한 은둔자이자 언어의 연금술사. 소설가 파트리크 쥐스킨트는 1949년 뮌헨에서 태어나 암바흐에서 성장했고 뮌헨 대학과 엑상프로방스 대학에서 역사학을 공부했다. 어느 예술가의 고뇌로 가득한 모노드라마 『콘트라바스』와 평생을 죽음 앞에서 도망치는 기묘한 인물을 그려 낸 『좀머 씨 이야기』 그리고 2천만 부의 판매 부수를 기록하며 유례없는 성공을 거둔 『향수』 등으로 알려졌다. 한 사람의 내면세계를 심도 깊게 묘사한 『비둘기』는 은행 경비원 조나단 노엘이 비둘기 한 마리와 마주치면서 갑작스러운 난관에 봉착하는 과정을 담고 있다. 쥐스킨트만의 세밀한 묘사와 밀도 있는 필치를 통해 그가 왜 이 시대에 독보적인 작가로 인정받는지 고스란히 느낄 수 있는 작품이다.

옮긴이 **유혜자** 스위스 취리히 대학교에서 독일어와 경제학을 공부하였다. 현재 30년 가까이 독일어를 우리글로 옮기는 작업을 하고 있다. 옮긴 책으로는 『좀머 씨 이야기』, 『마법의 설탕 두 조각』, 『어쩌면 괜찮은 나이』, 『나는 운동화가 없어도 달릴 수 있습니다』, 『좋은 꿈을 꾸고 싶어』 등 다양한 장르의 독일책 250여 권이 있다.

비둘기

발행일	1994년 5월 10일 초판 1쇄
	1999년 10월 5일 초판 23쇄
	2000년 2월 20일 2판 1쇄
	2019년 7월 15일 2판 33쇄
	2020년 4월 20일 신판 1쇄
	2023년 2월 25일 신판 4쇄

지은이	파트리크 쥐스킨트
옮긴이	유혜자
발행인	홍예빈·홍유진
발행처	주식회사 열린책들

경기도 파주시 문발로 253 파주출판도시
전화 031-955-4000 팩스 031-955-4004
www.openbooks.co.kr

이 도서의 국립중앙도서관 출판예정도서목록(CIP)은 서지정보유통지원시스템 홈페이지(http://seoji.nl.go.kr)와 국가자료공동목록시스템(http://www.nl.go.kr/kolisnet)에서 이용하실 수 있습니다.(CIP제어번호: CIP2020012175)